दो बहनें
[कहानी-संग्रह]

दो बहनें

चरण सिंह पथिक

राजकमल प्रकाशन

ISBN : 978-93-89577-77-8

मूल्य : ₹395

पहला संस्करण : 2020

प्रकाशक : राजकमल प्रकाशन प्रा. लि.
1-बी, नेताजी सुभाष मार्ग, दरियागंज
नई दिल्ली-110 002
शाखाएँ : अशोक राजपथ, साइंस कॉलेज के सामने, पटना-800 006
पहली मंजिल, दरबारी बिल्डिंग, महात्मा गांधी मार्ग, इलाहाबाद-211 001
36 ए, शेक्सपियर सरणी, कोलकाता-700 017
वेबसाइट : www.rajkamalprakashan.com
ई-मेल : info@rajkamalprakashan.com

मुद्रक : बी.के. ऑफसेट
नवीन शाहदरा, दिल्ली-110 032

DO BAHANEN
Stories by Charan Singh Pathik

दो बहनें

क्रम

दो बहनें

वे दोनों बहनें थीं, सगी बहनें। बचपन में दोनों दिनभर लड़ती रहतीं। बात-बात में लड़ाई तो बात-बात में गुत्थमगुत्था। एक बहन से दूसरी बहन मेले-ठेले में एक रुपया भी उधार ले लेती, तो कुछ दिन बाद दूसरी सूद सहित दो रुपया माँगती। देने-लेने में आनाकानी होती तो दोनों की चोटी एक-दूसरे के हाथ में होती। बड़ी होने पर दोनों एक ही घर में सगे भाइयों के साथ ब्याही गईं तो युद्ध का मोर्चा ससुराल में भी दोनों ने खुला ही रखा। बड़ा भाई दूरसंचार विभाग में अफ़सर तो छोटा भाई मिलिट्री के पैराशूट ग्रुप में हवलदार था। ससुर था नहीं। घर में बुज़ुर्गों के नाम पर एकमात्र बूढ़ी सास थी, जो उन्हें समझाती रहती। वे नहीं मानतीं तो थककर चारपाई पकड़ लेती। वक़्त के साथ-साथ दोनों ने आधा दर्जन बच्चे पैदा किए। दूरसंचार क्षेत्र में भी अभूतपूर्व क्रांति का दौर चल रहा था। हर एक की जेब में एक अदद मोबाइल नज़र आने लगा। बड़की का पति दूरसंचार का अफ़सर ठहरा, सो उसके यहाँ दो मोबाइल आए। एक हर वक़्त बड़की के ब्लाउज़ में पालतू कबूतर-सा दुबका रहता। दूसरा उसके पति के पास रहता। गाँव से पचास-साठ किलोमीटर दूर शहर में उसकी नौकरी थी, इसलिए दस-पन्द्रह दिन में ही घर का एकाध चक्कर लग पाता।

बड़की के ब्लाउज़ में छुपे मोबाइल पर जब घंटी घनघनाती तो

उसकी छाती में मीठी-सी हिलोर उठती। उसने मोबाइल चालू और बन्द करने की प्राइमरी क्लास अपने पति के सान्निध्य में पास कर रखी थी। वह बड़े ठसक से मोबाइल निकालती। टिक्कऽऽऽ से बटन दबाती और अपना मुँह छुटकी की तरफ़ करके बात करती, "हल्लूऽऽऽ आप कौण जी!...अच्छा...अच्छा...गोलू के पापा हैं...जब ईऽऽऽ मैं सोचूँ... आधी रात...को...नींद ख़राब...!" फिर वह आश्चर्य भरे स्वर में कहती, "कीऽऽऽ अब ईऽऽऽ आठ बजे हैं...।...तो मैं काऽऽऽ जाणूं...मुबाल में टैम...देखबौ।" वह बात करते-करते कभी मकान के ऊपर चढ़ती तो कभी नीचे आकर चबूतरे पर मोरनी का-सा नाच नाचते हुए इधर से उधर दौड़-सी लगाती। छुटकी देख-सुन जल-भुनकर राख हो जाती।

बड़की उसी टूम-ठसक से मोबाइल ब्लाउज़ में खोंसकर छुटकी को सुनाकर अपनी सास से कहती, "अफ़सरी का जेऽऽ ईऽऽ तो फ़ायदा है। फौरंट समंचार ले लो।"

सास बेचारी टुकुर-टुकुर आसमान की तरफ़ देखती।

छुटकी बड़बड़ाती, "हूँऽऽहऽऽ बड़ी आई ओफ़िसर की लुगाई। ऐसे मुबाल और ऐसे धणी तो टिंडे, टमाटरों की तरह खेतों में पड़े रहते हैं।"

बड़की टीवी एंटीना की तरह छुटकी के बड़बड़ाने को ज्यों-का-त्यों जीवंत पकड़कर गरजती, "नाशगई, तेरा ख़सम होगा टिंडा! तू होगी टमाटर की लुगाई। तेरे दीदे चौड़े-फट्ट में फूट गए काऽऽ! गोरमेंट में मेरा धणी अफ़सर और या घर में मेरी जूती अफ़सर। समझी...।"

छुटकी जूती का नाम सुनकर पेट्रोल की तरह भक्क से लौ पकड़ लेती, "तेरी-सी जूती तो मेरे पाँवों में पड़ी रहती है। नज़दीक तो आऽऽऽ!" छुटकी चुनौती देती।

सास चारपाई से उतरकर गरियाती, "अरी, ख़समखाणियो! शरम करो, शरम!" लेकिन उस बेचारी की आवाज़ नक़्क़ारख़ाने में तूती की

आवाज़ होकर रह जाती। पड़ोसी दीवारों से कान लगाकर लगभग रोज़ होने वाले बिना पैसों के इस नाटक का ख़ूब आनन्द लेते।

बड़की चुनौती भरे स्वर में ही चुनौती स्वीकार कर कहती, "आने दे अबकी...गोलू के पप्पाऽऽऽ को...। तेरे पाँवों की जूती देखणी है।"

छुटकी कहाँ पीछे रहती, "बुला...बुला...उस टेलीफ़ोनिया को...! पिल्लूड़ी का पप्पा भी आने वाला है छुट्टी...! असल बाप की हो तो अब अइयो मैदान में...।"

दोनों की लड़ाई इसी तरह दूरसंचार उपकरण के बहाने शुरू होकर जीवन के हर दबे-ढके पहलू को छूते हुए समाप्त होती। गाहे-बगाहे गुत्थमगुत्था भी हो जाती। पटका-पछाड़ी भी हो जाती। सास बचाते-बचाते थक जाती तो उन्हें उनके हाल पर छोड़कर हाँफ़ने लगती और वे थोड़ी देर बाद अपने आप रुक जातीं। आधा दर्जन भर बच्चे चौक में एक-दूसरे का पीछा करते रहते या काँय-कूँ करते हुए ठिनकते रहते। शाम होने पर ख़ूब शोर मचाते। टाल-टिल्ली, छुआन-छुई तथा मियाँ जी की घोड़ी का खेल खेलते हुए हँसते रहते, झगड़ते रहते।

उन दोनों को देश-दुनिया की ख़बरों और राजनीति से कोई सरोकार नहीं था। जो चुनाव-चिह्न खोपड़ी में बैठ जाता या कोई कार्यकर्ता बीच रास्ते बहका देता, उसी पर ठप्पा लगा आतीं। प्रधानमंत्री, मुख्यमंत्री के नामों से सर्वथा अनजान वे अपने देश-प्रदेश का नाम तक भूल जातीं। गाँव के सरपंच का नाम उनकी जुबान पर चढ़ चुका था। वो भी इसलिए कि उससे यदा-कदा कोई-न-कोई काम निकल ही आता। बुश, ओसामा, मुशर्रफ़, मनमोहन सिंह आदि होंगे कोई अपने-अपने घरों में तीसमार ख़ाँ। उनके घर में तो सिर्फ़ उन्हीं दोनों की तूती बोलती है और बोलती रहेगी।

न वैट का नाम सुना और न ही शेयर बाज़ार के घटने-बढ़ने वाले सेंसेक्स से उन्हें कोई काम। चाय, साबुन, सोडा, कोलगेट, चीनी, चावल

आदि कभी फ़ौजी तो कभी दूरसंचार वाला इकट्ठा ख़रीदकर रख देते। भैंसों की खली तथा बच्चों और स्वयं के कपड़े, तेल, नमक व मिर्च-मसाले गाँव का दुकानदार घर बैठे दे जाता और मनमाना वसूलता। उन्हें इन सबकी कोई परवाह नहीं थी। हाँ, रसोई गैस इस्तेमाल करना दोनों ने ज़रूर सीख लिया था। वो भी इस कारण कि गैस का सिलेंडर अब घर बैठे सप्लाई होने लगा था।

छुटकी ने अपने कमरे में फ़ौजी द्वारा ख़रीदा टीवी लगा रखा था। छत पर डिश-एंटीना भी फ़ौजी ने लाकर लगा दिया था। कभी-कभार बिजली आती, तो टीवी चलता। बच्चे बार-बार चैनल बदलते। देश-विदेश के समाचारों से उन्हें कोई मतलब नहीं रहता। सदी का महानायक उनके खेतों में काम करने आ नहीं जाएगा और न ही आमिर, सलमान, शाहरुख़ उनकी भैंसों को चराने तालाब की तरफ़ जाएँगे। सो उनका गठीला और कसा बदन देखकर उनके शरीर में कोई सनसनी नहीं दौड़ती और न ही ऐश्वर्या राय, करीना कपूर और मल्लिका शेरावत की अदाएँ चूल्हे में फूँक देने और कंडे थापने के काम आएँगी। इसलिए जब किसी फ़िल्म में अधनंगी नायिका नायक से लिपटा-झिपटी और चूमा-चाटी करती तो दोनों बहनें ऐन आगे-पीछे कहतीं, "बेशरम! बेहयादारी!!"

छुटकी जानबूझकर पूछती, "देखने वाले कि टीवी वाले?"

"दोनों...!" और बड़की फटाक से टीवी बन्द कर छुटकी को घूरने लगती। फिर तो वे देश-दुनिया की तमाम चिन्ताओं-आपदाओं और हीरो-हीरोइन की अदाओं को धता बताकर आधी रात तक जमकर लड़तीं। बूढ़ी सास हमेशा की तरह रात का वास्ता देकर टोकती हुई खाँसती जाती, हाँफ़ती जाती और बच्चे जहाँ वश चलता, वहीं खा-पीकर मौसमानुसार सो जाते। उनका अलग-अलग चूल्हा था, इसलिए वे अपनी सेंकतीं और अपनी खातीं। थक-हारकर दोनों बहनें रात की ब्याल कर अपनी-अपनी चारपाइयों पर बेसुध गहरी नींद में सो जातीं।

बड़की के सपनों में हर वक़्त मोबाइल घनघनाता रहता तो छुटकी सपनों में चीलगाड़ी में बैठकर मौजी खाती रहती।

दिन निकलने पर वे पशुओं के लिए खेतों से हरा चारा लातीं। फिर गोबर इकट्ठा कर कंडे थापतीं। रोटियाँ थेपतीं और लड़ने के लिए रोज़ वक़्त भी निकाल लेतीं। खेती आधे-बाँटे पर उठा ही रखी थी।

दोनों का भैंस-गाय बाँधने और भूसा-चारा रखने का बाड़ा इकट्ठा ही था। बाजरे की कड़वी की कुट्टी बाहर ही बाड़े में रखी हुई थी। बड़की अपनी भैंस को सुबह सानी कराने के लिए कुट्टी लेने गई तो उसे कुट्टी के ऐन क़रीब पाख़ाना नज़र आया। वह ढकोला वहीं फेंककर उलटे पाँव मकान में आकर छुटकी से गुस्से में बोली, "अपने चीकलेटों के गू-मूत नहीं सँभलते तो काय कू पैदा किए?"

छुटकी सुबह-सुबह अचानक हुए इस हमले से बौखला गई। वह पलटकर बोली, "दर्द तो मैंने झेला...! तेरी...फोकट...में...सुबह-सुबह...क्यों...?"

"नकटी...! बेहया...!! तेरे जैसे दर्द तो भौत झेले हैं मैंने...। पर कुट्टी के ढिंग से अपने सपूत की टट्टी तो साफ़ कर देती...!" बड़की एक पाँव चारपाई पर रखते हुए दनदनाकर बोली।

छुटकी बिफरी, "क्यों करूँ? तेरे बच्चों ने की होगी।"

"झूठी! चलकर देख। उसमें अमरूद के बीज पड़े हैं। शाम कू मेरे छोरा-छोरियों ने अंगूर खाए थे, अमरूद नहीं...।" बड़की ने सफाई दी।

"और मेरे चीकलेटों ने केले खाए थे। समझी...।" छुटकी ने नहले पर दहला मारा।

"तेरे बाप-दादों ने खाय है कभी केला...?" बड़की ने ताना मारा।

"और तेरों ने खाए कभी अंगूर...?" छुटकी ने हाथ नचाकर कहा।

"बाप-दादों तक पहुँचने की हिम्मत कैसे की तैंने...?" बड़की की आँखें सुर्ख हो उठीं।

"और...तैं...ने...?" छुटकी ने कमर पर हाथ रखकर जवाब दिया।

"ठहर तो बापखाणी...!" बड़की छुटकी की ओर लपकने को हुई।

"आऽऽऽऽ मैं बणाउँ तोय वीरौठनी।" छुटकी ने चाय के बर्तन एक तरफ़ हटाकर पास रखी झझरी तलवार की तरह ऊपर तानकर कहा।

बड़की सहमकर पीछे हटते हुए यह कहकर वापस बाड़े की तरफ़ चल पड़ी, "असल बाप की होय तो यहीं ठाड़ी रहियो। अभी आती हूँ हाथ-मुँह धोकर...!"

वे दोनों हर बार यह भूल जातीं कि उनके माँ-बाप अलग-अलग हैं या एक...? दोनों एक बाप की माँ जाई औलाद। लेकिन अक्सर लड़ाई के अन्त में दोनों ही इस जुमले का प्रयोग करने से नहीं चूकतीं।

तब दो दिन तक ढोर भूखे बाड़े में रँभाते रहे। कुट्टी के पास पड़ी हुई टट्टी दोनों में से किसी ने भी साफ़ नहीं की। छोटे बाप की कौन-सी बने...? आख़िर में जब बूढ़ी सास से नहीं देखा गया तो खुरपी और झाड़ू लेकर उसने सफ़ाई की।

दोनों के बच्चे इन सबसे बेपरवाह रहते। एक के यहाँ देर-सवेर रोटी बनती तो दूसरी के यहाँ बेख़ौफ़-बेझिझक जबरन खा जाते। दस-पन्द्रह दिन में बड़की का पति जब घर आया तो बड़की पति को बताने के लिए जी-जान से सास की सेवा करने लगती। छुटकी के बच्चों को जी-प्राण से रखती। तब ख़ुश होकर उसका पति अपनी माँ से कहता, "माँ, बहुत सेवा करती है, तेरी ये...! छुटकी के बच्चों को भी बड़े प्यार से रखती है।"

यह सुनकर बूढ़ी दमे से हाँफती-काँपती कहती, "हाँ बेटा, मेरी तो दोनों बहुएँ लाखों में एक हैं। दोनों बड़े प्यार से रहती हैं। माँ जाई बहनें जो ठहरीं...!"

यह कहकर सास मन ही मन सोचती अगर रोज़-रोज़ का तमाशा बेटे से बखानने लगूँ तो महाभारत हो जाएगा। मगर वह दस-पन्द्रह दिन में एक बार घर आने वाले बेटे का दिल छोटा नहीं करना चाहती। माँ के मुँह से दोनों की प्रशंसा सुनकर बड़की का पति कहता, "मिलकर रहने में फ़ायदा ही फ़ायदा है। दूरियाँ कम होती हैं। मैं भी इससे यही कहता हूँ और फिर हमारे तो विभाग का काम ही दूरियाँ कम करना है।"

वह रातभर घर रुकता और सुबह पहली बस से अपनी ड्यूटी पर रवाना हो जाता। सुबह बड़की जानबूझकर अँगड़ाई लेकर छुटकी के सामने से छम...छम करती निकलती तो छुटकी जल-भुनकर, मुँह बिदकाकर मन ही मन बड़बड़ाती, "ऊँ...हूँऽऽ...ये भी कोई आना हुआ कि आप आए और होंठों पर बुख़ार की तरह पिसाब-सा करके भाग लिया। परसों पिल्लूड़ी का पप्पा आ रहा है छुट्टी। तब देखूँगी इसका उसका!" फिर कुछ सोचकर उसकी छाती में गुलगुली-सी उठने लगती।

बस एक फागुन का महीना ऐसा आता कि लड़ने-झगड़ने की फुरसत नहीं मिलती। दोनों बहनें मुहल्ले की औरतों की अगुवाई करतीं। रात के तीसरे पहर तक होली का नाच-गान चलता रहता। दोनों को अगर लड़ने की हुलहुली छूटती तो होली के नाच और गीतों के माध्यम से कसर पूरी कर डालतीं। औरतों के घेरदार झुंड के बीच छुटकी घूमर-दे-देकर नाचती-गाती जाती—

ओऽऽऽ मैया मेरे एकलो बलम हो गौ भरतीऽऽऽ
कुण जोत गौ अठारह बीघे धरतीऽऽऽ
ओऽऽऽ मैया मेरी...।

औरतें ताली बजा-बजा कर गीत के बोल मस्ती में दोहरातीं। बड़की भी कहाँ पीछे रहती। अपनी बारी आने पर कोयल की तरह कूक उठती—

होरी मौ से खेल लै बसन्ती गौ फगुनाऽऽ
ठाड़ी-ठाड़ी को उमग रह्यौ जुबनाऽऽ
ओ...होरी...।

फिर एक के बाद एक...छुटकी को चिढ़ाने की ग़रज़ से गातीं—

चना में आ गई घेघरिया
रमझोल गढ़ा दै देवरियाऽऽऽ
चना में...।

नाचते-गाते रात का तीसरा पहर बीत जाता। दोनों बहनें मिलकर हर दिन अलग-अलग तरह का स्वाँग भरतीं। कभी लोहपीटा-लोहपीटन, कभी फ़ौजी तो कभी सिपाही और कभी लखेरा-लखेरिन। देखने वालों के मुँह से 'वाह छुटकी, वाह बड़की' निकलता तो वे आपस में गुर्राकर अपनी ख़ुशी ज़ाहिर करतीं। धुलंडी के दिन पानी से तर-बतर हुए कपड़े एक हाथ से सँभालकर एक हाथ में लट्ठ थामे जब अपने मुहल्ले के देवर-जेठों के पीछे दौड़ लगातीं तो दौड़ने वाले को गिड़गिड़ाने पर मजबूर कर देतीं। ज़्यादातर फ़ौजी या तो होली पर छुट्टी आते या होली के तुरन्त बाद। छुटकी का हवलदार होली बाद ही छुट्टी पर आ सका। छुटकी होली पर उम्मीद लगाए बैठी थी। हवलदार एक महीने की छुट्टी पर आया तो घर में चहल-पहल बढ़नी ही थी।

हवलदार को दोनों के बच्चे चॉकलेट और मिठाई के लालच में हर वक़्त घेरे रहते। छुटकी की ऐंठ-ठसक देखने लायक थी। फ़ौजी की उपस्थिति के कारण दोनों के पेट में आफ़रा जैसा कुछ महसूस होता तो आँखों-ही-आँखों में तथा हाथों के अपने ईजाद किए गए अजीब इशारों से लड़ लेतीं। मकान की पौड़ी से संयोगवश जब कभी दोनों एक साथ बाहर निकलतीं या अन्दर आतीं तो छुटकी कोहनी या मस्का लगाकर धीमे स्वर में चुनौती देती, "अब बोलकर देख...! तेरा टेंटुआ दबा दूँगी।"

बड़की मन ही मन जहर का घूँट पीकर कहती, "एक महीना बाद तेरी घाघरी की लीर-लीर नीं करी तो मैं अपनी माँ जाई नहीं।" खुलकर लड़े हुए और गुत्थमगुत्था हुए फ़ौजी के कारण कई रोज़ हो चुके थे। एक दिन जब हवलदार रम की बोतलें, शैंपू, क्रीम, साबुन-सोडा वग़ैरह लेने शहर की मिलिट्री कैंटीन को गया, तो मैदान ख़ाली मिला।

अचानक आकाश में एक काफ़ी नीचे उड़ते हवाई जहाज़ को देखकर छुटकी अपने बच्चे से बड़की को सुनाकर बोली, "तेरे पापा इसी चीलगाड़ी में बैठकर रोज़ अपने मकान के ऊपर से जाते हैं। एक दिन तो तेरे पापा ने झाला देकर मुझे बुलाया भी था।"

बड़की ने सुना।

सुनकर बहुत ग़ुस्सा आया। झूठ की भी हद होती है। बड़ी अंग्रेज़ी झाड़ने लगी है। अगर-मगर, क्या, मुझे जैसे शब्द उसे अंग्रेज़ी के लगते। वह जीभ निकालकर बोली, "कब्बी बाइसकल भी देखी...? बिड़ला की महतारी...चीलगाड़ी की धिराणी...!"

"बिड़ला की महतारी होगी तू...! तौ कू मतलब...काऽऽऽ?"

"बिड़ला काऽऽ बीमारी है मेरे आगे!" बड़की अपने अफ़सर पति का रोब दिखाती। फिर दाँत पीसकर तक़ादा करती, "पर साल के मेरे सौ रुपये ब्याज समेत चुका दे पहले नाकदार...। चीलगाड़ी में तो पीछे बैठियो...।"

"काय के सौ रुपये...? सौ का नोट चीन्हती भी है...? दस दिन तो ठसककर तू दूध और सब्ज़ी माँगकर ले गई। सो तेरा कुछ भूल-चूक में लिया गया होगा तो चुक्कम-चुक्का।" छुटकी साफ़ पलट गई।

उस दिन वे जमकर लड़ीं। कसर यह रही कि फ़ौजी के डर से पटका-पछाड़ी नहीं हुई। दोपहर में दोनों ने थकान की वजह से आई नींद की पूर्ति भी की। बूढ़ी सास समझ गई कि आज उसकी रोटियों का रामजी ही धणी है। दोनों अनपढ़ होने के कारण पैसों का हिसाब इस ढंग

से करतीं कि सामने वाला माथा पीटता रह जाता। दोनों में क़रीबन रोज़ हिसाब होता। लेकिन कमबख़्त हिसाब का ओर-छोर दोनों को ही नहीं मिलता, इसलिए हिसाब फिर अधूरा रह जाता।

बड़की हमेशा अपना मोबाइल ब्लाउज़ में खोंसे रहती। कोई दूसरी इस बाबत पूछती तो चिन्ता भरी ठसक में बताती, "ज़माना ख़राब है भैंणा। जाने कब्ब...गोलू के पापा का फून आ टपके...सो मैं तो हगते-मूतते भी इसे संग राखूँ भैंणा। अब कोई जले तो ख़ूब जलै...।"

छुटकी दूसरी के ज़रिए ऐसा सुनती तो वह भी कहाँ पीछे रहती...। शाम को चार-पाँच अपनी मन-मिलताऊ औरतों के सामने छुटकी शुरू हो जाती, "अबकी तो मैं भी हवलदार के संग जाऊँगी। ज़िन्दगी में घूम ले सो है। देख ले सो है। मैं भी चीलगाड़ी में बैठकर मौजी खाऊँगी।"

कोई छुटकी की बात को बड़े ध्यान से सुनती तो कोई इस कान से सुनकर उस कान से निकालकर नित्य कर्म में ध्यान देने लगती।

हवलदार की छुट्टी पूरी हो चुकी थी। सामान जमाया जाने लगा तो छुटकी ने साथ चलने की ज़िद पकड़कर कहा, "मैं भी चलूँगी। कुछ भी हो।"

"और बच्चे...?" हवलदार ने पूछा।

"माँ जी सँभाल लेंगी। एक महीना आगरा घूमकर वापस आ जाऊँगी।"

हवलदार आगरा में तैनात था। उसने काफ़ी समझाया कि क्वार्टर की दिक़्क़त होगी। घुमाने के लिए वक़्त मिल भी सकता है और नहीं भी। सास ने भी टोका। बच्चे भी साथ चलने को मचले, लेकिन छुट्टी नहीं मिली। फ़ौजी चाहे अफ़सर के हुक्म में टाल-मटोल कर दे, मगर बीवी के हुक्म में कोताही नहीं कर सकता। हारकर उसने शाम को अवध एक्सप्रेस से चलने को तैयार हो जाने के लिए कह दिया।

छुटकी को गए हुए अभी मुश्किल से दस दिन ही गुज़रे थे कि

बड़की बीमार हो गई। गाँव के झोला छाप डॉक्टर और नीम-हकीमों से दवाई ली, मगर कोई फ़ायदा नहीं हुआ। भैरो-भूमिया भी ढोकती रही। पति को मोबाइल से ख़बर की तो वह दौड़ा आया। शहर ले गया। बड़े अस्पताल के डॉक्टर को दिखाया—वो भी घर पर।

डॉक्टर ने मर्ज़ की सामान्य जानकारी मरीज़ से ली। बड़की ने बीमार आवाज़ में बताया, "भूख नीं लगै। खोपड़ी में धाँय-धाँय होती रहती है। रात को नींद गायब। पेट हर वक़्त फूला-फूला रहता है। वायु उतरे सात दिन हो गए।"

डॉक्टर ने कहा, "जीभ निकालो।" बड़की ने तुरन्त अपनी चिकनी जीभ बाहर निकाली।

"ज़ोर से मुँह फाड़ो।"

बड़की ने सुरसा की तरह मुँह फाड़ा, तो डॉक्टर को कहना पड़ा, "बस-बसऽऽ" फिर डॉक्टर ने आला लगाकर धड़कनें सुनीं, नब्ज़ देखा और कहा, "हाज़मा ख़राब है। इसी वजह से अन्य बीमारियाँ पनप रही हैं।" उसने अपनी फ़ीस लेकर पर्चा में दवाइयाँ लिखीं और साथ में यह हिदायत भी दी कि तीन दिन बाद मरीज़ को एक बार और दिखा दें। दवाइयाँ ख़रीदकर बड़की को उसका पति गाँव छोड़ आया।

बड़की सुबह-शाम बताए गए तरीक़े से नियमित दवाइयाँ लेने लगी। तीन दिन हो चुके थे, मगर उसे आराम नहीं मिला। तीन दिन बाद बड़की का पति उसे लेकर फिर शहर आया। अबकी बार स्पेशलिस्ट फ़िज़ीशियन को दिखाया। सारे ज़रूरी चेकअप करवाए गए।

फ़िज़ीशियन ने जाँच रिपोर्ट देखकर कहा, "मुझे कोई ख़राबी कहीं भी नज़र नहीं आती। फिर भी कुछ दवाइयाँ लिख देता हूँ। पाँच दिन बाद फिर आ जाना।" बड़की ने सुना तो वह तमककर डॉक्टर के केबिन से बाहर निकल आई। डॉक्टर मरीज़ के इस अजीब व्यवहार से हतप्रभ रह गया। पति उसके पीछे-पीछे लपका।

वह अपने पति से आँखें तरेरकर बोली, "कौण के पास ले आया? ये दो कक्का की पूँछ भी नहीं जाणता। इलाज काऽऽ भट्‌टी की राख करेगा।" और वह वापस घर आ गई।

रात को उसने अपने बड़े बेटे से कहा, "बच्चा कू फून लगा आगरा। तेरी मौसी से बात करूँगी।"

बेटे ने फोन लगाया। हवलदार ड्यूटी से ऑफ़ होकर क्वार्टर पर आ चुका था। फ़ोन उसने ही उठाया, "हैल्लो, कौन?"

"मैं...गोलू...।"

"हाँ गोलू, बोल...क्या समाचार है घर के?"

"सब ठीक है।"

"बूढ़ी माँ ठीक है!"

"हाँ, ठीक है बच्चा। मौसी को फ़ोन दो मम्मी बात करेगी।"

हवलदार ने छुटकी के हाथ में फ़ोन देकर बताया, "घर से फ़ोन है।"

छुटकी ने झपटकर फ़ोन कान से लगाया। छूटते ही बोली, "मैं छुटकी। तू कौण?"

"मैं बड़की बोलती।"

"नकटी! मौ सू बोलवै की जुर्रत का है।"

"लाल किला, ताजमहल देखा?"

"तेरा हड्डा, दारी।"

"मैं तो पहले ही बीमार हूँ।"

"घुट-घुटकर मरेगी।"

"चीलगाड़ी में बैठी?"

"बोल मत दे भूतनी। मैं भी बीमार हूँ। आगरे का पानी नीं लगा।"

"मुझे अकेली छोड़कर ख़सम संग मौज करने गई थी। भुगतेगी-भुगत...।"

"तू तो बिल्ली है दारी, पिछले जन्म की...।"

"दूर से शेरनी बनती है छछूँदर! असल बाप की बेटी है तो गाँव में आकर लड़...।" बड़की ने फिर ललकारा, "बणती है फ़ौजी की लुगाई।"

"दो दिन बाद आ रही हूँ दारी...। तेरी चुटिया पकड़ फिरा-फिरा के नीं फेंका तो असल बाप की बेटी मत कहियो।" छुटकी ने फ़ोन पर ताल ठोंकी।

फ़ौजी उजबक की तरह बस सुने जा रहा था। उसकी बौद्धिक पहुँच से दूर छुटकी उसे पहले-सी नज़र आ रही थी। बड़की ने छुटकी के दो दिन बाद आने की बात सुनकर अपने मोबाइल का स्विच तुरन्त ऑफ़ कर दिया।

उस रात उसने एक बालिश्त रोटियाँ डकारी। थाली भरकर दूध और रबड़ी गटकी। दूसरे दिन दवाइयों की पोटली उठाकर बाहर घूरे पर फेंक आई। बोली, "कल रात जैसी नींद मुझे पिछले बारह-पन्द्रह दिनों में कभी नहीं आई।"

बक्खड़

हरामज़ादी कुतिया, तेरे बाप का घर है जो चली आई? और फिर तड़ाक-तड़ाक लात-घूँसे। मैं एक कोने में कबूतर-सा दुबका हुआ माँ का पिटना लाचार हो, बस देख सकता था। कितना ख़ौफ़नाक और मुश्किल होता है अपनी माँ का बेरहमी से पिटना देखना...जी करता था, कुल्हाड़ी उठा लूँ और फिर खच्चाक् से अपने बाप के सिर में दे मारूँ। मगर मैं कुछ भी नहीं कर सकता था, सिवा रोने के।

माँ ने कभी प्रतिरोध नहीं किया हो, ऐसी बात नहीं है। लेकिन कब तक...? वह भूखी-प्यासी और घायल कई-कई दिनों तक अँधेरी कोठरी में पड़ी रहती और मैं माँ के सूखे, चिपके हुए स्तनों को लिबड़ता रहता। एक सुनियोजित तरीक़े से वे अपनी हर चाल चलते। कोई नहीं चाहता था कि माँ यहाँ रहे। उनकी बला से कहीं जाए। क्या कसूर था मेरी माँ का...?

मुझे जन्म देने के लिए माँ ने जीते-जी नरक भोगा था और उस नरक की शुरुआत भी बड़े धूमधाम से हुई। पहले वाले बाप को सरकार में उच्च पद मिल गया था। बाबा का सीना चौड़ा हो गया था। वे चौबीसा के पटेल थे। पटेल का अपना रुतबा था। मान-सम्मान था। ऊँचा ख़ानदान था। तिस पर पूरे इलाक़े में उनके बेटे को उच्च पद मिलना। बस, उसी दिन से बुरे दिन शुरू हो गए थे माँ के। घोर उपेक्षा, तीखे,

ज़हर-बुझे बोल। फिर मेरा पेट में आना, माँ का सवेरे जल्दी उठना, आटा पीसना, झाड़ू लगाना, गोबर डालना, कंडे थापना, पानी लाना, दोपहर में रोटी बनाना, बीच-बीच में सास-ससुर की झिड़की, फिर शाम हो जाना। माँ कोल्हू का बैल बनकर जीने पर मजबूर थी मेरे लिए। बाप ने तो माँ से बोल-चाल तक बन्द कर दी थी। दादी का माँ के हाथ से रोटियाँ छीन लेना। दूध पर पाबन्दी लगा देना। माँ प्रतिरोध करती तो दादी दहाड़ती, 'तेरा बाप कमा के रख गया है क्या? बापखाणी, मरी नहीं तू...नकटी रांड।'

माँ भी तीखा जवाब दे देती तो घर में कोहराम मच जाता। दादी रोने-बिसूरने लगती। अपने नाटक को चरम पर पहुँचाने के लिए दरवाज़े से माथा पीटने लगती। तमाम तरह की भद्दी गालियाँ बकती, 'आने दे तेरे ख़सम को, तेरी खाल नहीं उधड़वा दूँ तो मेरा नाम भौरी नहीं।'

और जब बापू शहर से आते तो दादी बापू के नसीब को कोसती और रो-रो कर स्वाँग भरती, 'सँभाल इस कलूटी को। अरे, तेरे तो भाग ही फूट गए। काम करने के नाम पर मारने दौड़ती है हत्यारी। ऐसा धक्का दिया कि देख...। और फिर वह अपना माथा बापू को दिखाती। बापू के ख़ौफ़ से माँ बकरी की तरह मिमियाने लगती। मगर सब बेकार जाता। जो भी हाथ लगता, माँ रुई की तरह धुन दी जाती। माँ मुझे पेट में लिये गाय-सी डकराती। होश ही नहीं रहता। लूगड़ी कहीं गिरती। पड़ोसी आकर जैसे-तैसे बचाते। मगर कब तक? कई-कई दिनों तक माँ को भूखा रखा जाता। दिनभर काम करवाया जाता। माँ ख़ुद भूखी रह सकती थी मगर मुझ अभागे को कैसे भूखा रख सकती थी। हाथ-मुँह धोने के बहाने खेतों की तरफ़ निकल जाती। चने की घेघरी चबाती। गेहूँ की बाल मसल-मसलकर पेट में मुझे तृप्त करती। पड़ोसियों से छिपकर रोटियाँ लाती और रात को चुपचाप खाकर पानी पी, सो जाती। जब भी बादल होते, माँ कराहने लगती, पूरी रात सो भी नहीं पाती। शरीर का कोई हिस्सा

ऐसा नहीं था, जहाँ दानवीय चिह्न नहीं हों। कंधे, बगल, पिंडली एवं शरीर के तमाम जोड़ बुरी तरह दर्द करते। जैसे-जैसे दिन नज़दीक आ रहे थे, माँ की मुश्किलें बढ़ रही थीं। साँवला रंग और तीखे नाक-नक्श अब मात्र बीते युग की कहानी बनकर रह गए थे। माँ सूखकर छुहारा जैसी हो चली थी। चलती तो चक्कर आने लगते। फिर भी माँ का जीवट कम नहीं हुआ। बदस्तूर घर का काम करती। लेकिन अन्दर ही अन्दर टूट-सी गई थी माँ। जब लगने लगा कि अब नहीं जी पाऊँगी तो एक रात चुपके से नानी के यहाँ आकर शरण ली। बेहद डरावनी रात थी वह। मई की उमस वातावरण में बेशर्मी से पसरी हुई थी। घोर अँधेरा, चारों तरफ़ सन्नाटा। कभी-कभी उमस से बौखलाकर मोर कुहुकने लगते। रात के दूसरे पहर माँ पहुँची। माँ की हालत देखकर नानी सकते में आ गई। घर में जगार हो चुकी थी, नानाजी लाठी टेकते हुए बाखर में आए। छोटे मामाजी को आवाज देकर पूछा, 'कौन आयो है?'

'भैणा आई है।' मामाजी ने अवरुद्ध कंठ से बस इतना ही कहा। नानाजी सब कुछ समझ गए। माँ कटे पेड़-सी चारपाई पर सिकुड़कर लेट गई थी। आँखों से लगातार दर्द बह रहा था। नानी हौले-हौले सिसकियाँ लेती माँ के सिर पर हाथ फेर रही थी। रात का वक़्त, लालटेन की मन्द रोशनी। माँ ने अपनी पीठ, पिंडलियों आदि को बतौर सबूत नानी को दिखाया। नानाजी हल्की आह भरकर बैठक में जा चुके थे। नींद कोसों दूर थी।

सुबह का वातावरण बोझिल था। उजाले में माँ की हालत देखकर नानी ने बाबा, दादी और बापू की सात पुश्तों की ख़बर ले डाली।

'राम करे तो कीड़े पड़ेंगे निपूतों को...गैबी, बेशरम, मर्द होकर बेय्यर पै मर्दानगी दिखावे, नामर्द कहीं का...।' नानी जब शान्त होती तो वह माँ की पिंडलियों पर पड़े नीले निशानों को सहलाने लगती। माँ एक अनगढ़ पीड़ा से कराह उठती।

लेकिन बाप के घर बेटी कब तक धिकेगी...? अगर बाल-बच्चा यहीं हो गया तो...? दिन बीतते-बीतते ऐसे सवाल भी नानी के जेहन में दस्तक देने लगे थे। 'ख़ानदान की नाक कट जाएगी अगर बाल-बच्चा हो गया सन्तो को।' नानी ने एक दिन यही प्रश्न नानाजी के सामने रखा।

'...तो फिर...?' नानाजी ने हताश होकर बमुश्किल शब्दों को बाहर निकाला।

'...तो फिर क्या...। तुम जाओ जी। समधी से जैसे-तैसे हो सन्तो को रखने की कहो। अगर यहाँ कुछ हो गया तो जात-बिरादरी में क्या मुँह दिखाएँगे?' जगरोटी इलाक़े की भूडैल धरती के बाशिन्दे, गूजर-मीणों की अपनी परम्पराओं में पली-बढ़ी मजबूर नानी आख़िर कहती भी क्या?

और एक दिन नानाजी बाबा के पास गए। मैं जानता हूँ नानाजी ने हाथ जोड़े होंगे। अपनी पगड़ी बाबा के पैरों में डालकर बेटी को अपनाने की भीख माँगी होगी। जात-बिरादरी, लोक-लाज और ऊँचे ख़ानदान का वास्ता दिया होगा। वरना बाबा सहज से हाँ करने वाले नहीं थे।

बाबा का व्यक्तित्व रोबीला था। नानाजी कहते हैं कि उनका ख़ानदान सात पीढ़ियों का ख़ानदानी और हमारा पाँच पीढ़ियों का। बाबा चौबीसा के पटेल हैं। जात-बिरादरी एवं अन्य जातियों की पंचायत में उनको आदर से बुलाया जाता था। ऊँचा क़द, चौड़ा माथा। नुकीली मूँछें और सुतवाँ नाक, बड़ी-बड़ी आँखें, जिनमें अब भी ज़मींदार मीणों के सामंती अवशेष बचे हुए थे। जब पंचायत में बोलते तो सन्नाटा छा जाता। पूरे ढाई सौ बीघा के जोता जो ठहरे। चमार, कोली, जोगी आदि बाबा के यहाँ बारी-बारी से हाली लगते। गोपाल डोम का पाँच बीघा का आम वाला खेत बाबा ने जिस तरीक़े से हड़पा, वह सभी को मालूम है। सिर्फ़ पाँच हज़ार रुपये कर्ज़ देकर खेत की आंट लिखवा ली थी और फिर सूद पर सूद। बेचारा गोपाल डोम अब घर-घर ढोल बजाकर दाने माँगता फिरता है। नानाजी ने अपने पाँच पीढ़ियों वाले ख़ानदान की दुहाई देकर

माँ को तैयार किया और सग्गड़ जोड़कर एक दिन माँ को पहुँचा दिया उसी नरक में, सड़ी-गली परम्पराओं का वास्ता देकर एक नरक और भोगने के लिए। नानी को विश्वास था, माँ अब शायद ही बचे। अच्छा है, स्वर्ग मिलेगा, धणी के दरवाज़े मरने पर। नानी मन ही मन आश्वस्त होती है। रूढ़ियों में जकड़ी नानी करती भी क्या?

मेरा जन्म और बापू का शहर में किसी पढ़ी-लिखी सुन्दर औरत को मेरी दूसरी माँ बनाकर लाना, सब, पता नहीं एक ही दिन कैसे हो गया। संयोग भी हो सकता है। बापू ने किसी से कुछ भी नहीं कहा। बाबा और दादी तो चाहते भी यही थे। दादी बहू को देखकर बहुत ख़ुश थी। बड़ा घर, बड़ी बातें। सभी जात-बिरादरी वाले फुसफुस करने के अलावा कुछ नहीं कर सके। उन दिन बड़ा भोज रखा गया था। बाद में सुना कि कोर्ट में शादी की है। माँ ने सुना तो एकाएक कह उठी, "हे भगवान्, अब तो समेट ले मुझे। और कितना भुगताएगा...?"

आस-पड़ोसी डर के मारे माँ से बात नहीं करते। अगर कभी किसी को दादी देख लेती तो फिर माँ की ख़ैर थी न उस औरत की, जो माँ से बात कर रही होती। माँ हमेशा अँधेरी कोठरी में पड़ी रहती। नानकी ताई माँ से बेहद लगाव रखती थी। वही प्रसव के समय रही। नानकी ताई बरसों से इस घर में काम करती आ रही थी। लेकिन जब से माँ ने इस घर में क़दम रखा है, दादी ने उसकी भी छुट्टी कर दी थी। लेकिन नानकी ताई दादी की नस-नस से परिचित थी। वह उससे जमकर टक्कर लेती। दादी तो चाहती थी कि माँ इस अँधेरी कोठरी में प्रसव के समय तड़प-तड़प कर अपनी जान दे दे। मगर नानकी ताई सतर्क थी। वह वक़्त रहते हाज़िर हो गई थी। दादी के लाख मना करने के बावजूद भी नानकी ताई ने दाई का दायित्व पूरी सतर्कता और ईमानदारी से पूरा किया। मेरे पैदा होने की ख़ुशी माँ केवल नानकी ताई के साथ ही बाँट सकी थी। दादी, बाबा और बापू को तो कोई सरोकार ही नहीं था। वे तो नई बहू

के आगमन पर बहू के रंग-रूप और पढ़ाई पर इतने मुग्ध थे कि मैं कब पैदा हुआ, कोई मतलब ही नहीं था।

मैं कैसे बड़ा हो रहा था...। और तमाम विपदाओं के बीच माँ कैसे मुझे पाल रही थी, यह माँ का जीवट था। तीन साल का हो चुका हूँ। बाबा-दादा मेरी तरफ़ आँख उठाकर भी नहीं देखते। मैं चाहता हूँ कि दादी मुझे गोद में लेकर चूमे। बाबा मुझे खेतों पर घुमाने ले जाएँ। मैं सब कुछ चाहता हूँ। चाँद, तारे, खिलौने-कार, घोड़ा, गुड़िया। मैं चाहता हूँ कि मैं रूठ जाऊँ और बाबा मुझे मनाएँ। दादी मुझे छाती से लगाकर लोरी सुनाए। लेकिन मैं रो रहा हूँ। न जाने कब मेरी नाक बहकर मुँह में आ गई है। माँ खेत पर सरसों की लावणी करने गई है। मेरे पास पहनने को चड्ढी तक नहीं है। मैं धूल में लोट-पोट एक रोटी के टुकड़े के लिए धरती-आसमान एक कर रहा हूँ, गला बैठ गया है रोते-रोते। अब और रोया नहीं जाता। दादी उड़ती-सी नज़र मुझ पर डालकर माँ को भद्दी गाली देती हुई उठकर सुँघनी सूँघने लगती है। बाबा बैठक में हुक्का गुड़गुड़ा रहे हैं। घेरबन्द बाखर। चारों तरफ़ परकोटा। एक लोहे का जालीदार फाटक। मैं रेंगता-रेंगता फाटक के पास आकर खड़ा हो गया हूँ, शायद आसमान से उतरेगी मेरी माँ। मेरे सामने, इस दगड़े में। इसी आस में हर शाम खड़ा रहता हूँ फाटक के पास भूखा-प्यासा। छह साल गुज़र जाते हैं। थोड़ा-बहुत समझने लगा हूँ, गाँव के हिसाब से। समझने लगा हूँ कि मेरे बाप के पास दो बैय्यर हैं। एक शहर में रहती है उनके साथ बन-ठन कर। गाँव तो बस तफरीह के लिए आती है। एक माँ है जो कोल्हू के बैल जैसी घूमती रहती है। घर से खेतों पर और खेतों से घर। गोल-गोल चकरघिन्नी-सी। आज दादी और बाबा शहर जाने की तैयारी कर रहे हैं। दादी ने क़ीमती कशीदा कढ़ी हुई लूगड़ी और छींट का नया घाघरा पहना हुआ है। गले में सोने का गुलूबन्द। हाथों में चाँदी के हथफूल। माथे पर चाँदी का चमकता बोरला। चमड़े की नई जूती।

बाबा मूँछों पर खिजाब लगा रहे हैं। लाल चूँदड़ी का साफ़ा। जवाहर जाकिट। एकलंगी धोती। खादी का सफ़ेद झक्क कुर्ता, पैरों में चमरौंधा, हाथ में बेंत। पटेल जो ठहरे। ऐसे ही थोड़े जाएँगे शहर। हवेली के ताला ठोक दिया। माँ को हिदायत दी गई कि भैंस-बैलों का ध्यान रखे। गोबर रोज डाले, दूध-दही को छुए नहीं। मैं माँ की ओर टुकुर-टुकुर देखता। पूछता तो माँ की आँखें गंगा-जमुना हो जातीं। नई माँ को बेटा हुआ है। दस दिन में लौटेंगे। माँ कराह उठती है, 'हे भगवान्!'

ग्यारहवें दिन फाटक के बाहर एक जीप आकर रुकती है। मैं कौतूहलवश दौड़कर फाटक खोलता हूँ। जीप से पहले दादी उतरती है। गोद में ख़रगोश-सा लिये हुए। मुझे देखते ही दुत्कार देती है, 'दूर-दूर, दूर हट, गैबी का।' मैं सहमकर एक ओर हो जाता हूँ। दादी के मुँह से एक निहायत ही गन्दी गाली निकलती है—'मैया की...आ गया जीप देखने।' मैं रुआँसा हो जाता हूँ। एक नज़र नई माँ पर डालता हूँ। शायद कुछ लाई हो शहर से मेरे लिए। एक नज़र बापू और बाबा पर, मगर झिड़कियों के अलावा कुछ नहीं मिलता।

हवेली के दाईं तरफ़ दो 'गह' की पाटौर थी। उसी में डाल रखा था हमको। एक दिन मैं नन्हे को देखने का लोभ संवरण नहीं कर सका। डरते-डरते हवेली के ऊपर पहुँचा। जाड़े के दिन थे। नई माँ, दादी, बापू हवेली के ऊपर बैठे हुए नन्हे को लेकर भविष्य की योजना बना रहे थे शायद।

मुझे देखते ही दादी फट पड़ी, 'चल नीचे उतर, नकटी रांड के।'

मैं जड़ सीढ़ियों के पास खड़ा रह गया। दादी को ग़ुस्सा आ गया। उसने अपना भारी-भरकम शरीर समेटा और भनभनाती मेरी ओर लपकी। एक जोरदार धक्का लगाया। मैं सँभल पाता इससे पहले ही क़दम डगमगाए और लुढ़कता हुआ नीचे चौक में।...एक भयानक चीख़ वातावरण में उछली। माँ ने फ़ौरन चीख़ को लपका। हकबकाती चौक

में आई। मैं बेहोश था। दाएँ हाथ की हड्डी चटक गई थी। माँ रोती-रोती मुझे उठाकर बाहर ले गई। पाटौर में चारपाई पर मुझे लिटाया गया। शोर सुनकर बाबा आए। बोले, 'जो हुआ सो हुआ। बाहर मत जाना, किसी से कहने-सुनने की ज़रूरत नहीं है।' मैं अब भी बेहोश था।

माँ ने उस दिन पता नहीं कहाँ से साहस जुटाया होगा। माँ का धैर्य टूट चुका था। माँ अब दबने वाली नहीं थी। उसने दादी की सात पीढ़ियों की जब ख़बर लेनी शुरू की तो दादी आगबबूला हो गई। बापू की मातृभक्ति प्रचंड हो उठी।

इसकी इतनी मजाल! 'निकल अभी मादर...की कौड़ी की औरत।' और न जाने क्या-क्या...। मुझे धीरे-धीरे होश आ रहा है। मैं देख रहा हूँ कि माँ पर लात-घूँसों की अनवरत मार पड़ रही है। कपड़े अस्त-व्यस्त हैं। मैं चारपाई के एक कोने में डर से दुबका सुबक रहा हूँ। कोई आए और बचा ले मेरी माँ को। जी करता है—मैं कुल्हाड़ी उठाऊँ और खच्चाक...। और फिर हम दोनों माँ-बेटे होश नहीं कब तक बेहोश उस पाटौर में पड़े रहे। शाम हो चुकी थी शायद।

माँ ने अब काम करना बिलकुल बन्द कर दिया था। अब न तो माँ खेतों पर जाती और न ही घास लाती। न ही गोबर डालती। एक फ़ैसला कर चुकी थी माँ।

'मैं क्यों खटूँ? मैं क्यों चराऊँ भैंसों को? क्यों गोबर डालूँ? बाँदी थोड़ी आई हूँ। सात फेरे खाए हैं, काम करे मेरा मुट्ठा। जिसको जो करना है कर ले मेरा, मारेंगे तो सही। पर अन्याय तो अब एक दिन भी सहन नहीं करूँगी।'

इस बाबत घर में बहुत कोहराम मचा था। लेकिन माँ दृढ़ थी। अब वह खुलकर बोलने लगी थी। लेकिन माँ अकेली कब तक लड़ती...। कई बार आत्महत्या करने की भी सोची, मगर माँ ने घर छोड़ना ही उचित समझा। अपने और मेरे भविष्य की ख़ातिर माँ ने दूसरी बार घर छोड़ा था।

माँ आते ही नानाजी पर बरस पड़ी, 'सारी बिरादरी मर गई थी क्या जो नरक में ले जाकर मुझे पटका? और नहीं मिला कोई? किसी ग़रीब को देता तो एहसान मानता। हाथ-पैर तो न तुड़वाती। भाड़ में गया ख़ानदान। ऐसे ही होते हैं क्या पटेल? माँ ने जमकर सभी को कोसा और फूट-फूट कर रो पड़ी। सभी की आँखें नम थीं। बैठक भरी हुई थी। मामाजी तो ग़ुस्से में बन्दूक निकाल लाए।'

'इनकी ऐसी की तैसी, गोली मार दूँगा एक-एक को।' बड़ी मुश्किल से सबने उन्हें समझाया। शान्त किया। हीरू नानाजी ने पंचायत बिठाने की सलाह दी। रामेसर मामाजी ने कोर्ट में दावा करने का सुझाव दिया। नानाजी सबकी सुन रहे थे। पहले ही सूख-सूख कर पिंजर हो चले थे। उनके दिमाग़ में एक ही बात कील की तरह धँस गई थी। 'मेरी सन्तो को 'छोड़' दिया है।'

पंचायत में लोग हँसी उड़ाएँगे। मजे ले-ले कर पूछेंगे। कोर्ट-कचहरी में सालों लगेंगे। तब क्या किया जाए? उन्होंने अपनी कोटर-सी आँखों को झपकाया और बोले, 'ना पंचायत बिठाऊँगा और ना ही कोरट में जाऊँगा। सन्तो यहीं रहेगी, मेरे पास, जब तक कोई इन्तज़ाम नहीं हो जाता।' नानाजी का फ़ैसला सुनकर सब हतप्रभ थे।

अब मैं आठ साल का हो गया हूँ। साढ़े छह बरस से आठ साल तक ननिहाल रहा। इन डेढ़ वर्षों में नानाजी की जो हालत हुई वह अविश्वसनीय थी। माँ को लेकर उन्हें हज़ारों आँखों के हज़ारों सवालों के उत्तर देने पड़ते थे। मामाजी तथा नानाजी दोनों को शराब की लत ने तोड़कर रख दिया। वे अब बैठक के बाहर कम ही निकलते। पंचायतों में जाना छूट चुका था। घर की हालत दयनीय हो चली थी। सब चौपट हो चला था।

और इसी का प्रतिफल हुआ—माँ का बीस हज़ार में सौदा होकर नाते जाना।

उसी दिन मुझे नए कपड़े पहनाए गए थे। मैं बहुत ख़ुश था। मुझे अपनी आठ वर्ष की ज़िन्दगी में कभी इतनी ख़ुशी नहीं हुई थी। उस दिन घर में बड़ी चहल-पहल थी। यों वह कहने को ही घर था। वरना ननिहाल था। देशी घी में पुआ-पूड़ी भूख को उभार दे रहे थे। नानी के चेहरे पर सन्तोष झलक रहा था। माँ को भी नए-नए कपड़े लाए गए थे। एक सितारों जड़ी, कशीदा कढ़ी हई लूगड़ी, जिसमें मोर, तोता, फूल पत्तियाँ जीवंत थे। नई अँगिया, नया सलूका, नया छींट का घेरदार घाघरा। कई गहने-हथफूल, गुलूबन्द, बोरला, कणकती, कड़ूल्या, सींक, सारा-का-सारा जेवर चाँदी-सोने का था। नानाजी बेटी को 'ठिकाने' से लगाने के बाद मेहमानों के साथ बैठक में कई आदमियों के साथ मजे से हक्का गुड़गुड़ा रहे थे। बाहर गैत (बाड़े) में नीले बैलों की एक मलूक जोड़ी बँधी हुई थी। उन्हीं के पास सग्गड़ (ताँगा) रखा हुआ था।

कुल बीस हज़ार में सौदा तय हुआ था माँ का। दस हज़ार 'झगड़े' के और दस हज़ार नानाजी ने अपनी अंटी में खोंस लिये थे। माँ के कपड़े-जेवरों को देखने के लिए आँगन में चारपाई पर एक नुमाइश-सी लगी हुई थी। सभी औरतें अपने-अपने तरीक़े से चीज़ें परख रही थीं।

मेरे पाँव हवा में थे। बहुत दिनों बाद सग्गड़ में मौजी खाने का अवसर आने वाला है। एक नया बाप मिलने वाला है। मैं बैठक में बैठे मेहमानों में अपने नए बाप को उड़ता-सा जाता और देख आता। फिर जाता और पहले वाले से उसकी तुलना करता। तुलना करते ही मुझे पहले वाले का हर वक़्त नफ़रत और ग़ुस्से में डूबा हुआ चेहरा याद आने लगता और मैं सिर से पाँव तक काँप उठता।

माँ को दूसरी बार लाड़ी जैसी सजाया गया। कितनी अथाह पीड़ा हुई होगी माँ को...। कितनी बार क़िस्मत को कोसा होगा माँ ने...? विदा के वक़्त कितनी रोई थी माँ...।

नानी ने बार-बार माँ से लिपट-लिपट कर रोते हुए न जाने कितनी

ही ऊँच-नीच की बातें माँ को समझाई...। नानाजी बार-बार मुझे दुलार रहे थे। मामाजी के होंठ दुःख से फड़क रहे थे। सारा मोहल्ला ही हमें विदा करने आया हुआ था। कितना अपनापन था सभी में। कितना प्यार था एक-दूसरे में...। नानी ने बहुत-सी चीज़ें बनाकर एक छोटे-से संदूक में रख दी थी। बैल सग्गड़ में जोत दिए गए थे। एक टिचकारी के साथ सग्गड़ चल पड़ा था। सब बैठ चुके थे। धीरे-धीरे ननिहाल पीछे छूटता जा रहा था। सग्गड़ में मेरे पास बैठी माँ लगातार रोए जा रही थी...रोए जा रही थी...।

नया घर, नया गाँव, नया महौल। नया बाप, नया बाबा, दादी नहीं थी। सब कुछ नया ही नया, हम भी नए। नए घर में जोरदार स्वागत हुआ। लगभग सारा गाँव ही महीनों तक मुझे तथा माँ को देखने उमड़ा रहा। गाँव की थाई (चौपाल), कउ (अलाव), गलियों, मोहल्लों, यहाँ तक कि हर घर में चूल्हे पर कई महीनों तक एक ही कथा रही, 'हज़ारी मीणा नई भौंटिया लायौ है, संग है एक आठ-नौ साल को छोरा भी। जिसका एक हाथ टेढ़ा है।' मैं नए घर का राजकुमार था। माँ महारानी। मैं अब मूला मीणा वल्द हज़ारी मीणा हो चुका था। माँ ने बाक़ायदा घर सँभाल लिया था। अब जाकर माँ को चैन मिला था, अपार सुख मुझे भी। जो माँगें फ़ौरन हाज़िर। मैं रूठ जाता तो ग़ज़ब हो जाता, गाँव-भर में दद्दू के साथ घूमता-फिरता। स्कूल के नाम से ही बिदकता। पढ़ने का ख़ास चाव नहीं था। पिछली तमाम यातना और पीड़ा से लबरेज़ स्मृतियों को पोंछकर माँ ने अपने आप से एक गुप्त समझौता कर लिया था। भूल गई थी सब कुछ। अपना अतीत दफ़न कर चुकी थी माँ और एक नए भविष्य की बुनियाद रख रही थी। नई उमंग के साथ ज़िन्दगी को भरपूर जीने की चाह फिर से जाग उठी थी। वक़्त का घोड़ा दिन, महीने, सालों को रौंदता हुआ दौड़ रहा था।

सत्रह-अठारह वर्ष का रहा हूँगा। दद्दू के साथ खेतों पर काम

करता। एक हाली भी लगा रखा था, गनेसी चमार। काफ़ी ज़मीन है। माँ घर को सँभालती। मुझसे छोटे रामसहाय और हरसहाय को दद्दू ने पढ़ने बिठा दिया है। दोनों शहर में रहकर पढ़ते हैं। मेरा काम भैंसों को चराना था। गाँव का विशाल चरागाह, जिसमें सभी की भैंसें चरतीं, चराने वाले सभी किशोर। चौमासे में रिमझिम बूँदों में भीगते हुए फाँद (लम्बी कूद) कूदते, दकना (ऊँची कूद) कूदते ज़ोर (कुश्ती) करते।

मेरे साथ ही सुखराम पटेल का बदरी, भोंदू का खिलारी, जगन का जौहरी और मलुवा का रमजू। सभी खेलते-कूदते, भैंसें चराया करते।

मैं और बदरी एक दिन ज़ोर कर रहे थे। मैंने धोबीपाट लगाया तो बदरी बच गया। लेकिन जब इकलंगा मारा तो सीधा चित लाया। सुखराम पटेल न जाने कब आकर खड़ा हो गया था। पूरे गाँव का पटेल था। उसके बेटे को मैं पटक दूँ। राम...राम...।

वह अपने बेटे बदरी पर बरस पड़ा—'हरामज़ादे, मूला से हार गया। एक बक्खड़ से...ना जाने किसका मूत है ये और तू इसी से मात खा गया। डूब मर मादर...। आ...क्क...थू...।'

मुझे जैसे हज़ारों विषधरों ने डस लिया हो, मैं संज्ञाशून्य हो चुका था। मुझे पहली बार लगा कि मैं आदमी होने के अलावा भी कुछ हूँ। बक्खड़...बक्खड़...मैं बक्खड़ हूँ। मैं मूला मीणा वल्द हज़ारी मीणा। मेरे बाप का नाम हज़ारी है। गाँव का माना हुआ आदमी है। पाँच आदमियों में उठता-बैठता है।

मैं चीख़ा, 'कौन, किसका मूत है सुखराम पटेल। बक्खड़ होगा तू...तेरा बाप। ठहर तो सही...।' और एक ज़ोरदार लाठी मैंने सुखराम पटेल की पीठ में दे मारी। कितना कोहराम मचा था उस दिन। जिसने भी सुना, सन्न रह गया। पल-भर में क्या से क्या हो गया? मैं होश खो बैठा था। दद्दू ने सुना तो दौड़े चले आए। माँ भागी-भागी आई और कसूरवार-सी मुझे झिंझोड़ने लगी। कुछ भी हो सकता था। मेरी आँखों

में तैरते सवालों से माँ सहम गई थी। सुखराम पटेल के कुटुम्बी लाठियाँ लेकर आ चुके थे। दद्दू के साथ बाबा, चाचा, ताऊ तथा अन्य सभी के हाथों में लाठियाँ कसी हुई थीं। गाँव के तक़रीबन सभी स्त्री-पुरुष, बच्चे चरागाह की ओर लपके जा रहे थे।

सुखराम पटेल की पिटाई...कोई खेल है क्या...? नहीं, नहीं, झूठ होगा। किसी को विश्वास नहीं...। सभी घटनास्थल की ओर आ रहे थे। सुखराम पटेल अब भी बेहोश था। उसके सभी कुटुम्बी उसे होश में लाने में तल्लीन। एक बार होश में आ जाए बस...फिर देखेंगे मुझे...।

लेकिन फिर देखना नहीं हुआ। बीच-बचाव हुआ। राज़ीनामा हुआ। सभी को ताज्जुब था। जो होना था, क्यों नहीं हुआ? किसी का सिर क्यों नहीं फूटा? गाँव के लोग अपने-अपने तरीक़े से बात को घुमाते। बहुत-से भाइयों को तो लड़ाई का मज़ा ही नहीं आया था। उनके अनुसार जमकर लाठियाँ चलतीं। फिर थाना-कचहरी हो, तब लड़ाई का मज़ा। वरना सब बेकार। पटेल हमसे बदला लेगा, ऐसा सभी सोच रहे थे।

सुखराम पटेल ने फिर जिस प्रकार बदला लिया, उससे ज़िन्दगी की राहें ही बदल गईं। सम्भवत: उस दिन ज़्यादा से ज़्यादा होता तो किसी के हाथ-पैर में चोट लगती, कुछ घाव आते जो वक़्त के साथ भर जाते। लेकिन यह एक ऐसा घाव था जो मरते दम तक नहीं भरेगा। मेरी शादी दद्दू के लिए सिरदर्द से कम नहीं थी। इज़्ज़त का सवाल था। दद्दू के पास बहुत ज़मीन थी। काफ़ी पैसा था। गाँव में अच्छा रुतबा था। पाँच आदमियों में शुमार था दद्दू का। लेकिन बक्खड़ को कौन ब्याहेगा अपनी बेटी? माँ इस चिन्ता में घुलने लगी थी। मेरा मूला क्या कुँआरा रह जाएगा? जो भी नाते-रिश्तेदार आता, उससे बस यही ज़िक्र करती। माँ की चिन्ता में अतीत टीसने लगता। दद्दू कहते—सब हो जाएगा, मूला का ब्याह भी। तू क्यों चिन्ता करती है? माँ सूनी-सूनी आँखों से दद्दू की ओर देखती। दद्दू समझते हैं माँ का दर्द।

मगर सुखराम पटेल गोटियाँ जमने ही नहीं देता। कोई आता उसे पहले ही उलटी-सीधी सुनाकर उखाड़ देता—'क्या सारी बिरादरी की औरतें बाँझ हो गईं या हमारी बिरादरी में उससे मलूक कोई लड़का ही नहीं...? जो बक्खड़ को छोरी देने चले आए।' और फिर वह लोक-लाज, खानदान, हैसियत, बिरादरी न जाने कैसे और क्या-क्या उदाहरण देकर सामने वाले को उलटे पाँव लौटा देता। हमें सब ख़बर रहती। लेकिन माँ और दददू हार मानने वाले नहीं थे। माँ कहती, 'मूला का घर बसाकर ही दम लूँगी। चाहे धरती बिके तो बिक जाए।'

मेरा घर बसाना माँ के लिए अब एक मिशन से कम नहीं था। माँ की कोशिशें अनवरत थीं। दद्दू भी भरपूर सहयोग कर रहे थे। खेती का काम अब पूरी तरह मेरे जिम्मे आ पड़ा था। बीस की उम्र को पार कर गया हूँ। दोनों छोटे रामसहाय और हरसहाय पढ़ाई में अच्छे चल रहे थे। सभी उम्मीद लगाए हैं कि आरक्षण की वजह से अच्छी नौकरी पकड़ लेंगे। अच्छे घरों में दोनों की शादी भी हो जाएगी।

...कि एक दिन सुबह माँ को मैंने बहुत व्यस्त और ख़ुश देखा। मैंने पूछा तो माँ केवल मुस्कराकर रह गई। शाम तक घर में उत्सव की-सी तैयारी होती रही। घर पर अजीब माहौल था। सब इधर-उधर दौड़ रहे थे। चाचियाँ तथा चचेरी बहनें, बुआ आदि अनोखी उमंग में उड़ी जा रही थीं। शाम को जब मैं बाड़े में अकेला लेटा हुआ था तो चचेरी बहन गजरी दौड़ी-दौड़ी मेरे पास आई। मेरे कान में धीरे-से कहा, 'भाया, भाभी आई है।' मेरे पेट में गोला-सा उठा। मैं बड़बड़ाया, 'भाभी, कौन-सी भाभी...?'

गजरी ने इठलाते हुए बताया, 'थारी लाड़ी आई है।'

मैं एक अनगढ़ दर्द से बिलबिला उठा, कौन लाड़ी? किसकी लाड़ी...? न सगाई, न ब्याह, न बरात, न ढोल-तमाशे, कोई उत्सव नहीं। कोई ख़ुशी नहीं। सब गोपनीय। क्यों...? आख़िर क्यों...? मैं

क्या अछूत हूँ? मैं क्या समाज से बाहर हूँ? क्या किया है मैंने? कोई आकर बताए तो। सब कुछ समाज ने किया है। समाज के बड़े-बड़े ख़ानदान के ठेकेदारों ने किया है। मैं बक्खड़ हूँ तो इसमें मेरा क्या दोष है?' मेरी आँखों से लगातार आँसू टपक रहे हैं। गजरी मुझे फिर बुलाने आती है।

'भाया, ओ भाया। माँ बुला री है।'

मैं अनमना-सा जाता हूँ। माँ, चाचियाँ, बुआ तथा अन्य औरतें मंगल गीत गा रही हैं। सभी नेगचार होते हैं। कहाँ से आई हैं? क्या नाम है? कोई चाव नहीं रहा। बड़ी हसरत थी कि मेरा भी किसी दिन धूम-धाम से ब्याह होगा। बरात जाएगी। उस दिन सबने जमकर पी। माँ ने और दद्दू ने जैसे कोई जंग जीत ली हो। सुबह तो सारे गाँव में ये ख़बर आग की तरह फैल गई थी। सभी दुल्हन का मुँह देखने आ रही थीं। सुखराम पटेल तिलमिला गया। बहुत दूर की कौड़ी खोजकर लाए थे लोहड़े मामा। मालवा की मिट्टी से। मालवा की काली, कछारी, मिट्टी की अफीमी गन्ध थी सुगरो। कैसे-कैसे मामा ने टोह ली...? कैसे सौदा तय किया...। सब एक तिलिस्म से कम नहीं है। कितना लीचड़ और कमीना होगा सुगरो का बाप। दूसरी बार बिकी थी सुगरो, अपने बाप की दलाली में।

माँ ने सुगरो को सिर-आँखों पर बिठाया। माँ उसका हर सम्भव ख़याल रखती। मेरी भी पटरी बैठ गई थी। सुगरो भी धीरे-धीरे सामान्य हो चली थी। उसकी पीड़ा को माँ बखूबी समझती थी। दिन पंख लगाकर उड़े जा रहे थे। दोनों छोटों की भी अच्छी नौकरी लग गई थी। उनकी शादियाँ भी धूमधाम से की थी हमने। एक पोते की लालसा में माँ बुढ़ा रही थी कि एक दिन अप्रत्याशित रूप से सुगरो कहीं नहीं थी। घर में कोहराम मच गया। दुनिया छान मारी मगर सुगरो नहीं मिली। ज्यों-ज्यों दिन गुज़र रहे थे, माँ छीजती जा रही थी। मैं रेशा-रेशा होकर बिखर रहा

था। दद्दू तथा लोहड़े मामा ने मालवा तक खोज-ख़बर ली। सब प्रयास बेकार जा रहे थे।

सुखराम पटेल सीना तान अकड़-अकड़ कर चलता। मुझे देखकर अजीब तरीक़े से खाँसता और पिच्च से थूक देता। मैं राख हो चला था। बक्खड़ होने का अभिशाप भोग रहा था। बेटे की बहू भागने की पीड़ा दद्दू तथा माँ को कमज़ोर किए दे रही थी।

लोहड़े मामा ने फिर दूर की खोज की...। सुनकर सब दंग रह गए थे। सुगरो को सुखराम पटेल तथा उसके आदमियों ने ऐसी जगह पहुँचा दिया था जहाँ से कोई लौटकर नहीं आता...। एक बार फिर कोहराम मचा। तनातनी हुई, मगर अब हो भी क्या सकता था? माँ ने उसी दिन चारपाई पकड़ ली थी।

...न जाने क्यों अब इस सत्तर साल की उमर में सब कुछ याद आ रहा है। मेरे जन्म से पहले की माँ द्वारा बताई सब बातें और बाद का बचपन-जवानी सब फोड़े-सा रह-रह कर टीसने लगा। सुगरो की अफीमी गन्ध रातों में अब भी मेरे आसपास प्रेतनी-सी डोलती है। वो साठ-सत्तर वर्ष पहले का गाँव याद आता है। कितना प्रेम-सहयोग था। माँ और दद्दू कभी के चले गए। बहुत याद आती है माँ। चारपाई पर अब ढंग से लेटा भी नहीं जाता, बस पड़ा रहता हूँ। एक गिलास पानी के लिए किसी को दस बार पुकारना पड़ता है। वो गाँव के चौड़े-दगड़े अब पगडंडियों में बदल गए हैं। ज़मीन के एक-एक कूड़ के लिए महाभारत होने लगे हैं। घर-घर टी.वी. लग चुके हैं। आए दिन लूट, हत्या, अपहरण की घटनाएँ। गाँव गंधाने लगा है अब।

माँ की एक-एक बात याद आती है। दद्दू, चाचा सब न जाने क्यों बार-बार याद आते हैं। भाई तथा उनके सभी बच्चे गाँव छोड़ चुके हैं। शहर में कोठियाँ बना ली हैं। मैं इस टूटे छप्पर में एक गिलास पानी के लिए आवाज़ लगा रहा हूँ। हाथ-पाँव लाचार हैं। सब दुआ करते हैं

कि इस दुनिया से मुक्त हो जाऊँ। मैं भी यही दुआ करता हूँ सुबह-शाम। अब तो लोग मेरा नाम भूल चुके हैं शायद। मुझे भी याद नहीं कि मेरा नाम क्या है...? लोग मुझे बक्खड़ कहते हैं।

बक्खड़...बक्खड़...सुनते...सुनते सत्तर साल हो गए हैं। नसें चटकने लगती हैं। मुट्ठियाँ कस जाती हैं। मैं पागल कुत्तों जैसा भौंक उठता हूँ...मैया री...।

फिरने वालियाँ

चीठी (चिट्ठी) शाम को मिली। पत्नी की बुआ नहीं रहीं। चीठी कोई पोस्ट-ऑफ़िस से आई डाक नहीं थी। कॉपी का एक-चौथाई से कम टुकड़ा था जिसमें तिये की कल होने वाली बैठक की सूचना थी। चीठी देने वाला एक दिन में ही कई-कई गाँवों में अपने रिश्तेदारों के यहाँ चीठियाँ बाँटता।

शाम को जैसे ही चीठी पढ़कर पत्नी को सुनाई, वह बुक्का फाड़कर ज़ोर से विलाप कर उठी। पूरा मुहल्ला जान गया कि सप्पो को कोई देवलोक हो गया। मुहल्ला क्या सारे-के-सारे ही हमारी कुटुम्बी-कोई पन्द्रह-बीस घर। चाचियों और ताइयों ने आकर खोज-ख़बर ली। पत्नी को सांत्वना दी। जीवन और मृत्यु के अनसुलझे रहस्यों की अपनी तरह से व्याख्या की। जीवन की निस्सारता पर बड़ी-बूढ़ियाँ घंटों पत्नी को समझाती रहीं। पत्नी ने आँसू पोंछे। अँधेरा घिर चुका था। चाचियाँ और ताइयाँ जा चुकी थीं। बच्चों के दाना-पानी की व्यवस्था करते हुए पत्नी ने मुझसे कहा, "सुनते हो, कल बुआजी को फिरने चलना है। छुट्टी ले लेना।"

"ठीक है, ले लूँगा छुट्टी।"

"कुटुम्बियों को ख़बर भी अभी करनी है। दूर का मामला है। सुबह आठ बजे ही चलना होगा।"

"ख़बर तो कुन्तो (बेटी) कर देगी।"

"कुन्तो से काम नहीं बनेगा, आपको जाना होगा। फिर साधन भी तो तय करना होगा। वो भी अभी होगा।" पत्नी अब सहज हो चली थी।

ख़बर करना कोई बड़ा काम नहीं था। मगर मैं असहज महसूस करता हूँ। घर-घर जाकर ख़बर करना कि कल सुबह फिरने चलना है। बस! मगर यह इतना आसान नहीं है। सामने वाला पूछ-पूछ कर ही दम निकाल देता है। जैसे—कौन गुज़र क्या? कितनी उम्र थी? बीमार था? कहाँ इलाज हुआ? या फिर वह तो कुछ दिन पहले मुझे मिला था/थी/ उसे अचानक क्या हुआ...? मगर कुछ भी हो, जाना मुझे ही होगा।

मैंने चम्पी ताई से जाकर कहा, "ताई! सुबह आठ बजे तैयार रहना।"

ताई अपने नाती को सुला रही थी। बोली, "अब काम का टैम है। सरसों कट रही है। एक बहू को बाल-बच्चा होने वाला है। एक का अभी छह महीने का है। तेरे भाइयों को तो मूतने की भी फुरसत नहीं है। तुम्हारे ताऊ से इस उम्र में अब कहीं आया-जाया नहीं जाता। बची कौन...? मैं! अब मैं गाय-भैंस सँभालूँ या नाती-पोता रखूँ या फिरने चलूँ?"

"ताई, किसी एक को तो चलना पड़ेगा।" मैंने ज़ोर देकर कहा।

"देख लूँगी। कौन-सी बहू जाती है।"

वहाँ से मैं सरूपी ताई के यहाँ आया। सरूपी ताई ने रुखाई से कहा, "मेरी तो नातिन बीमार है। मुश्किल है जाना।"

"कौन-सी नातिन..." मैंने पूछा। "महेश की छोटी छोरी को बुख़ार है।"

"वह तो दिन भर खेलती रही है।" मैंने प्रतिवाद किया।

"अरे, अब चढ़ा है गैबी बुख़ार। मैं क्या झूठ बोलूँगी।" ताई गरम हो गई, "फिर भैया...ये तो अदले का बदला है। हमारा काम पड़ा था तो तुम्हारी बहू सप्पो ने भी नखरे किए थे।"

ताई की बात सुनकर मैं अवाक् रह गया। रोने जाने में भी अदला-बदला!

"उस वक़्त कोई काम आ पड़ा होगा, इसलिए तुम्हारे साथ नहीं जा पाई होगी।"

"काम तो सबको रहता है। कौन मिनख निठल्ला बैठा है लल्लू।" फिर कुछ पल सोचकर बोली, "तुम्हारे ताऊ को बोल दूँगी।"

"ठीक है।" मैं फिर नर्वदा चाची के घर पहुँचा। वह अपने घुटनों पर तिल का तेल मल रही थी। मुझे देखकर तेल से भरी कटोरी एक तरफ़ सरकाई। बोली, "आ लल्लू, बहू की बुआजी गई?"

मैंने कहा, "हाँ, कल सुबह ही चलना होगा।"

"साधन कर लिया?"

"अब जाऊँगा। हो जाएगा साधन भी।"

"वो ही तो कहूँ, ट्रैक्टर-ट्राली या किसानबुग्गा मत करना लल्लू। पोर-पोर बजता है धचकियों से...।"

"अब जो मिलेगा, करना पड़ेगा चाची।"

"जो मिलेगा सो क्यों? जीप करना, आराम की सवारी है। पेट का पानी तक नहीं हिलता।" चाची की आँखों में जीप की सवारी तैरने लगी। अजीब पल आ गया है। ख़ुद का किराया देकर बस से चलने को कहो तो सब बहाने लेकर बैठ जाते हैं।

"जेब से पैसा खर्चो। पूरे दिन का घर का काम छोड़ो। ऐसी भी क्या गर्ज।" पीठ पीछे अक्सर यही जुमला सुनना पड़ता। रिश्तों में अब वो गरमाहट नहीं रह गई थी। अपने ख़ास कुटुम्बी भी ऐसा बर्ताव करते, मानो पीढ़ियाँ गुज़र गई हों। पैदल चलना तो अब सभी अपनी शान के ख़िलाफ़ समझते हैं।

मैंने सभी घरों में जैसे-तैसे ख़बर की। सब अपने ही घर। किसी-न-किसी को तो चलना ही होता है। सब अपनी घरेलू सुविधानुसार चलते

हैं। आदमी तो तीन-चार बहुत होते हैं मगर औरतें आठ-दस तो हों। कोई दो घंटे लगे मुझे। घर आया तो पत्नी ने पूछ-पूछ कर हलकान कर दिया। मसलन—'फ़लाँ को ख़बर की या नहीं?' मेरे हाँ कहने पर फिर पूछती, 'और उसको...? इसको...? किसने क्या कहा...? कौन-कौन जणी चल रही हैं? सुबह जल्दी तैयार होने की ताकीद की या नहीं...?' आदि सवाल-दर-सवाल। फिर मुझे चाय का प्याला थमाया। अभी एक-दो घूँट ही ले पाया था मैं कि पत्नी को जैसे कुछ याद आ गया हो, "साधन...?"

मैंने शान्त स्वर में कहा, "सुबह ले आऊँगा।"

"नाऽऽऽ साधन तो अभी तय करना है। सुबह-सुबह पता नहीं मिले या नहीं! गाड़ी-घोड़ा हैं, धन्धे पर निकल जाएँगे।"

मैंने चाय पीना बन्द किया। पत्नी को समझाया, "भौंरया ताऊजी के ट्रैक्टर में डीजल डलवा देंगे। ट्रैक्टर-ट्राली ठीक रहेंगे। जीप तो हज़ार के करीब बैठेगी।"

पत्नी तुनक उठी, "लाख की बैठेगी वो तो...! रिश्तेदारी का मामला है। ट्रैक्टर-ट्राली की तुक क्या है? किराए की जीप ले चलेंगे। मैं किसी के साधन का क्यों एहसान लूँ?"

"किसी का क्या एहसान...? हमारे ही तो घर के हैं। हम उनके काम नहीं आते क्या?"

"होंगे जी घर वाले। आप तो जीप तय करके आओ।" पत्नी ने फ़ैसला सुनाया।

"ठीक है।" मैं घर से निकल लिया था। जीप ही सही।

यों तो गाँव में तीन-चार जीपें थीं। लेकिन बाला के साथ मेरा उठना-बैठना होता रहा है। इस वजह से किराए में भी वह नरम पड़ेगा। जो भी दूँगा, माथे से लगा लेगा। ज़्यादा-से-ज़्यादा पाँच सौ। बाज़ार ज़्यादा दूर नहीं था। बाला बाज़ार में चाय की गुमटी पर मिल गया। बात उसके सामने रखी।

"यों तो भाई साहब, डीजल बहुत महँगा हो गया है। अब काम आपका है...तो बारह सौ दे देना। ड्राइवर सुबह सात बजे दरवाज़े पर हाज़िरी लगा देगा।"

"बारह सौ...!!" हम दोनों चाय पी रहे थे। मैंने चाय एक तरफ़ रख दी, "ये तो बहुत ज़्यादा हैं बाला।"

"लो...! कोई और होता तो डीजल अलग से लेता भाई साहब। लेकिन घर की बात है। गमी में जा रहे हो। सारी बातें सोचनी पड़ती हैं। आख़िर मैं भी इनसान हूँ।"

मुझसे कुछ भी कहते नहीं बना। सोचता हूँ—ये आदमी मनमाना किराया वसूल करेगा। ऊपर से घर का मामला बताकर एहसान भी लाद देगा। गमी के बहाने शोक भी प्रकट करेगा। बाज़ार आदमी को इस कदर ढक लेगा, मैं यह सोच ही नहीं पाया था। बाला सिर्फ़ शिकारी था—कुशल और अनुभवी। वह जानता है, मैं अन्य किसी की जीप तय नहीं करूँगा। उसका अनुमान सही था। बाज़ार का यही उसूल है। वह एक हज़ार पर अड़ गया, हज़ार सही। मैं उसे सुबह सात बजे का समय देकर जब घर आया तो रात के नौ बज चुके थे।

सुबह पत्नी ने छह बजे ही जगा दिया, "जाना नहीं है क्या? जल्दी से निवृत्त हो लो और एक बार फिर सबसे तैयार होने को कह आओ।"

मैं झुँझला गया, "अब क्या ज़रूरत है? शाम को सबको कह तो दिया।" "अजी वाह! अब नहीं कहोगे तो सोचेंगे कि नाममात्र को कहन की है।"

अजीब मसला है! रोने ले जाने के लिए भी इतने पापड़ बेलने पड़ते हैं। मैं हमेशा ऐसी स्थिति से बचता आया हूँ। अगर कहीं जाना हो तो पत्नी चली जाती थी। किसी को ख़बर भी करनी होती तो माँ सब कर देती थी। मगर अब माँ कहाँ थी? वह होती तो सब कुछ जैसे अपने आप ही होता रहता। पिताजी ऐसे मामलों से अक्सर दूरी बनाए रखते हैं।

निवृत्त होकर मैं फिर निकला। घर-घर एक बार सबको फिर ख़बर की। जल्दी तैयार होने पर ज़ोर दिया। घर आया तो जीप बैठक के बाहर खड़ी थी।

ड्राइवर मुझे देखते ही बोला, "जल्दी करो भाई साहब, आना भी तो है। यहीं दस बजा दोगे तो लौटेंगे कब?"

मैंने कहा, "अभी तो सात बजे हैं यार। आठ बजे रवाना हो जाएँगे। औरतों को तैयार होने में टैम लगता है।"

ड्राइवर बीड़ी सुलगाकर जीप में जा घुसा। घर आकर मैं तैयार हुआ। पत्नी तैयार होने के साथ-साथ कुन्तो को समझा रही थी कि उसके लौट आने तक क्या-क्या करना-धरना है। आठ कब बजे, पता ही नहीं चला। बाहर आकर देखा तो अभी एक भी औरत तैयार होकर नहीं आई थी। घर आकर मैंने पत्नी से तकादा किया, "अबकी बार तुम जाओ। आठ बज चुके हैं। अभी तक एक भी नहीं आई।"

मगर पत्नी बेटी से साड़ी और ब्लाउज़ की मैचिंग पर बहस में उलझी हुई थी। कुन्तो कह रही थी, "मम्मी, इस तोतिया रंग की साड़ी पर गुलाबी रंग का ब्लाउज़ जमा नहीं। हरे रंग वाला ठीक जमता।"

"हट पागल...! तू क्या समझे! ये गुलाबी रंग वाला ब्लाउज़ पिछली सर्दियों में जब मैं बुआजी से मिलने गई थी तो उन्होंने बड़े लाड़ से दिया था मुझे।"

पत्नी अपनी दिवंगत बुआ की यादों में उलझी आईने के सामने घूम-फिर कर ख़ुद को निहार रही थी। मुझसे कहा, "आप थोड़ी देर बाहर चले जाइए। मुझे ये पेटीकोट बदलना है। कुन्तो कहती है—ये भी ठीक नहीं है।"

"तुम बुआजी को फिरने जा रही हो या दुनिया को अपना पेटीकोट दिखाने...?" मुझे ग़ुस्सा आ गया।

"क्या मतलब...?" पत्नी तन्नाई, "कपड़े नहीं पहनूँ क्या? नंगी चली जाऊँ..?"

"जो पहन रखे हैं, वो क्या कपड़े नहीं हैं? जीप वाला जल्दी मचा रहा है।"

लेकिन मेरी बात सुनने से पहले ही पत्नी दूसरे कमरे में जा चुकी थी। मैं हारकर बाहर आया। देखा—अभी तक भी कोई नहीं आया था। ड्राइवर अलग से बड़बड़ाने लगा, "भाई साहब, मुझे आकर दूसरी पार्टी उठानी है। मेरे धन्धे पर क्यों लात मारते हो! नौ बजने को हैं।"

मैंने उसे समझाया। तैयार होने की जटिलताएँ बताई। फिर चम्पी ताई के यहाँ गया और कड़ककर कहा, "ताई, चलना नहीं है क्या? नहीं चलना हो तो मना करो। नौ बज गए।"

"कौन-सी रेलगाड़ी छूट रही है, ऐं? टैम तो लगता है। सब बाल-बच्चों वाली हैं। तू आगे तकादा कर, तब तक बिचली बहू तैयार हो जाएगी। अभी तो मैल छुड़ा रही है।" ताई ने लापरवाही से जवाब दिया।

"ख़ाक तैयार हो जाएगी।"

मैं परेशान हो चला था। तुलसा चाची के यहाँ गया तो बाहर दालान में कोई नज़र नहीं आया। वापस जाने के लिए बन्द कमरे के पास से गुज़रा तो खुसुर-फुसुर सुनकर ठिठक गया। पलटकर बन्द किवाड़ की झिरी से अन्दर झाँका तो गश आ गया। आस-पड़ोस की क़रीबन सब औरतें वहाँ जमा थीं—बूढ़ी भी जवान भी। कोई ब्रा में खड़ी थी कोई महज़ पेटीकोट में। एक-दूसरे के घटते-बढ़ते स्तनों, कूल्हों और पेट की सपाटता पर खुलकर टीका-टिप्पणी हो रही थीं। पतियों के साथ एकान्त रातों में गुज़ारे पलों का हिसाब ले-दे रही थीं। कपड़ों की अदला-बदली हो रही थी। मैं झटके से बाहर आ गया। दालान में खड़ा होकर ज़ोर से खाँसा-खखारा किया। कमरे के अन्दर हड़कम्प मच गया। मैंने हाँक लगाई, "चलना नहीं है क्या...? वो जीप वाला तुमने गिरवी थोड़े रख छोड़ा है?" ज़्यादा कहता भी क्या...? बर्रे के छत्ते में हाथ कौन डाले!

दस बजे जैसे-तैसे जीप रवाना हुई। जैसे-तैसे इसलिए कि जीप के

चल चुकने के बाद भी कोई-न-कोई पीछे से दौड़ती दिखती। जीप रोकनी पड़ती। ड्राइवर अलग से ग़ुस्साया हुआ था, सो जीप को बेतहाशा दौड़ा रहा था। कहीं एक्सीडेंट न कर दे! हम फिरने जा रहे हैं और ऐसा न हो कि कोई हमें फिरने आए? इसलिए मैंने कहा, "भइया, तेज़ मत चला। थोड़ी देरी सही। कहीं एक्सी...!"

"आप तो बेफ़िक्र बैठे रहो, स्टेयरिंग मेरे हाथ में है।" ड्राइवर ने अधजली बीड़ी फेंककर हमें आश्वस्त किया। रूपे ताऊ, हरि चाचा और मैं आगे की सीट पर थे। आठ औरतें थीं। ड्राइवर सहित जीप में कुल बारह सवारी। जीप पूरी रफ़्तार से दौड़ रही थी। फिर भी वे जीप के अन्दर एक-दूसरी के कपड़ों, चप्पलों, नाक की सींक, कानों की झुमकी, गले की माला आदि पर खुलकर चर्चा में निमग्न थीं। ड्राइवर ने गोरबन्द की कैसेट लगा रखी थी—"बलम मेरो छोटो सो...!"

पत्नी की बुआजी का गाँव अब मुश्किल से आठ किलोमीटर दूर रह गया था। गुलाबी ताई ने मुझसे धीरे-से पूछा, "समधिन की उम्र क्या रही होगी?" पत्नी की बुआ रिश्ते में चाचा-चाचियों और ताऊ-ताइयों की समधिन लगती थी। मैंने ज़रा-सी गर्दन मोड़कर जीप में पीछे देखा। पत्नी शोक में डूबी जा रही थी। ज़ाहिर है, उसका बोलना मुनासिब नहीं था।

मैंने बताया, "यही कोई सत्तर-बहत्तर साल।"

"बीमार थीं क्या?"

"सिर्फ़ एक दिन बुख़ार आया था।"

"मुक्ति हो गई लल्लू, समधिन की। कोई पिछले जन्म का पुण्य काम आ गया वरना लोग महीनों-सालों तक चारपाई पर पड़े रहते हैं। देखभाल करने वाले उकताकर मरने की दुआ माँगते हैं। कोई गू-मूत भी नहीं धोता।"

"सोई बात है ताई।" मैंने अनमने दिल से जवाब दिया।

"कै बेटा हैं?"

"दो। दोनों सर्विस करते हैं। ख़ूब खेती-बाड़ी है। नाती-नातिन हैं।" मैंने बताया।

"रामजी के राज छोड़ की गई हैं लल्लू! किसी बेटा-बहू का ज़्यादा एहसान भी नहीं लिया वरना ज़माना बेकार है लल्लू। अब तो रामजी हमें भी समेट लें तो बढ़िया...।"

इसी बीच बुआजी का गाँव आ चुका था। जीप मैंने बुआजी के घर से पहले ही एक बाड़े में खड़ी करवा दी थी। सभी ने अपने-अपने कपड़ों से धूल झटकी। रूपे ताऊ, हरि चाचा और मैं आगे-आगे थे। पीछे दोनों चाची, गुलाबी ताई और कुटुम्ब की कुछ जवान तथा कुछ अधेड़ औरतें थीं। मैंने कुछ चलकर पीछे देखा तो वे सभी एक झुंड बनाकर खड़ी हुई थीं।

मैं मुड़कर वापस आया। मैंने गुलाबी ताई को सम्बोधित करके सभी से कहा, "ताई! रुक क्यों गई?"

ताई ने सभी पर एक नज़र डाली। फिर कुछ क्षण सोचकर बोलीं, "लल्लू, मरने वाली तो बड़ी-बूढ़ी ठहरी। सो रोती हुई चलें या गंगाजी के गीत-भजन गाती हुई...?"

"मैं इस बारे में ज़्यादा कुछ नहीं जानता-समझता। कहो तो ताऊ से पूछ लूँ?"

तब तक पत्नी मेरे ऐन क़रीब आकर बोली, "अजी, ताऊजी से क्या पूछना! मेरी तो बुआजी थीं। मुझे तो रोते हुए ही जाना होगा।"

झुंड में थोड़ी देर इसी पर बहस होती रही। साथ वाली औरतें पत्नी से हल्का मज़ाक़ भी करने लगीं। जीवन के पल-पल बदलते हज़ार रंग। रूपे ताऊजी और हरि चाचा भी ठिठककर खड़े रह गए थे। ज़ाहिर है, वे मन-ही-मन कुढ़ रहे होंगे। क्योंकि अगले ही पल ताऊजी का झल्लाया स्वर सुनाई दिया, "रिक्सो (चलती) नहीं...? घर जाकर कर लेना पंचायत।"

ताऊजी की आवाज़ सुनकर झुंड में फिर खुसुर-फुसुर होने लगी। मैं दुविधा में था। पत्नी अड़ी हुई थी कि सभी फिरने वालियाँ रोती हुई बुआजी के घर तक चलें, जबकि दोनों चाची और ताई गंगाजी के भजन गाती जाना चाहती थीं। बुज़ुर्ग होने के नाते उनके अपने अनुभव थे। मैं सब कुछ उन्हीं पर छोड़कर वापस आया। ताऊजी और हरि चाचा मेरे साथ हो लिये। हम तीनों आगे-आगे चल रहे थे। पत्नी की बुआजी का घर अब मुश्किल से पचासेक मीटर दूर रह गया था।

मैंने चलते-चलते ज़रा-सी गर्दन टेढ़ी कर पीछे निगाह डाली। दोनों चाचा और गुलाबी ताई आगे-आगे चलती हुई गंगाजी के भजन गाती आ रही थीं। उनसे ठीक मीटर भर की दूरी पर पीछे-पीछे पत्नी के नेतृत्व में वे पाँचों औरतें ज़ोर-ज़ोर से रोती हुई आ रही थीं। मैं हैरान रह गया।

मूँछें

उसे फ़ौज में भर्ती हुए कुल तीन साल हुए थे। इन तीन सालों में उसने ख़ुद की दृष्टि में तीन महत्त्वपूर्ण काम किए। पहला—शादी, दूसरा—गौना और तीसरा—एक हीरो होंडा मोटरसाइकिल की ख़रीद। यों इनके अलावा भी और कई काम ऐसे थे जो उसे हर हाल में करने ही थे। मसलन बाक़ी का क़र्ज़ चुकाना, मिट्टी के कच्चे घर को पक्का बनवाना और छोटे भाई की शादी। फ़िलहाल वह पन्द्रह दिन की कैजुअल छुट्टी लेकर गाँव आया हुआ था। दो दिन रास्ते में निकल गए और दो दिन घर आराम करने में। कुल चार दिन ख़र्च हो चुके थे। वैसे भी एक फ़ौजी के लिए एक-एक दिन वो भी छुट्टी का बड़ा मायने रखता है।

...कि चक्का जाम हो गया।

और उसे आज हर हाल में पत्नी को लेने ससुराल जाना था। सुबह से तैयारी में जुटा था। पहले ही मुश्किल से छुट्टी मिली है। उस पर चार दिन तो बरबाद हो चुके हैं। उसे बड़ी शिद्दत से पत्नी की याद सताने लगी। पिछले छह महीने में कभी-कभार ही पत्नी से मोबाइल पर बातें हो पाई थीं। गौना हुए एक साल से ऊपर होने को था। उसे तैयारी करते देख उसकी माई ने टोका, "आज मत जा बेटा! चक्का जाम है चारों तरफ़। खुल जाए तब जाना।"

"माई, गाँवों में काय का चक्का जाम...? हाइवे पर होगा।" उसने

अपने बूटों पर ब्रश रगड़ते हुए लापरवाही से कहा।

"रास्ते में गूजर और मीणा के गाँव पड़ते हैं, कहीं मारपीट या छीनाझपटी..." उसकी माई का दिल धकधकाने लगा।

"अपने गाँव में भी तो गूजर-मीणा हैं, यहाँ तो कुछ भी नज़र नहीं आता।" उसने मोबाइल अपनी शर्ट की जेब में डालकर कहा।

"माई सही बोलती है भैया। पुलिस फायरिंग में आठ-दस लोग ख़त्म हो चुके हैं। कहीं-कहीं गूजर-मीणा भाई एक-दूसरे का रास्ता रोककर बुरी तरह मारपीट कर रहे हैं। अपने गाँव में ऊपर-ऊपर ज़रूर शान्ति है मगर अन्दर लोग उबल रहे हैं।" उसके छोटे भाई ने बताया, चेताया।

उसे मामले का पता तो था कि तीन दिन से पूरा राजस्थान, यू.पी. और एम.पी. गूजर-मीणाओं के झगड़े के कारण उबाल पर थे।

गूजर एस.टी. वर्ग में आरक्षण की माँग को लेकर जगह-जगह चक्का जाम किए हुए थे। दूसरी तरफ़ मीणा अपने कोटे को किसी भी क़ीमत पर बँटने नहीं देने की क़सम खाए हुए थे। दोनों जातियों के नेता अपनी-अपनी जाति में ख़ुद को सर्वमान्य मसीहा मनवाने के चक्कर में भड़काऊ बयान देने और लामबन्द होने में मशगूल थे। प्रशासन चुप। 'महारानी' अपनी मस्ती में मस्त। पूरा प्रदेश उपद्रवियों एवं जानबूझकर जातीय दंगों के हवाले किया जा चुका था। दूध, सब्ज़ी एवं अन्य ज़रूरत की चीज़ों की भयंकर किल्लत हो चली थी। जनता को अपने हाल पर छोड़ अब महारानी अपनी 'मस्ती' बचाने में लग चुकी थीं। प्रशासन हथियार डाल चुका था।

इसमें रामराज जाटव का क्या कसूर? वह चिन्तित हो उठा। पत्नी की याद उसे ससुराल खींच रही थी। उसके मुहल्ले में वह अकेला फ़ौज में है। बाक़ी इक्का-दुक्का सिविल सर्विस में थे। बचपन में ग़रीबी की मार के चिह्न अभी भी उसके माथे की सिलवटों पर मौजूद हैं। क़र्ज़ अब भी

था। पिताजी पहले ही साझा के खेतों में खटते-खटते चल बसे थे। अब छोटा भाई गूजर, मीणा और ठाकुरों के खेतों में खटता रहता है। उसकी शादी अभी बाक़ी है। उसके गाँव में सभी जातियों का अनूठा संगम है। कभी कुछ ग़लत नहीं हुआ।

अब कैसी आग लगी है ये...?

कुल ग्यारह दिन की छुट्टियाँ शेष रह गई थीं। जाम पता नहीं कब खुले। मन की तड़फन और नवेली फ़ौजिन का चेहरा...। वह बेचैन हो उठा। उसने तय कर लिया कि वह ज़रूर जाएगा। उसने अपनी माई को समझाया, "हमसे गूजर-मीणाओं को क्या लेना-देना...? हम एस.सी. में हैं, जाटव हैं।" यह कहकर वह अपनी मोटरसाइकिल को कपड़े से चमकाने में तल्लीन हो गया।

"तेरी ये छोटी-छोटी छल्लेदार मूँछें और ये फ़ौजी कट बाल...? कहीं गूजर तुझे मीणा और मीणा तुझे गूजर समझ बैठे तो...?" उसकी माई ने आशंका ज़ाहिर की।

वह ठठाकर हँसा। फिर मोटरसाइकिल के शीशे में अपना चेहरा देखा। छोटे-छोटे फ़ौजी कट बाल और छोटी-छोटी मूँछें जिनमें हल्के-हल्के छल्ले। उसने अपनी मूँछों पर लाड़ से हाथ फेरा और अपनी माई की तरफ़ मुस्कुराकर कहा, "ऐसे हम फ़ौजी लोग डरने लगे तो फ़ौज की नौकरी कैसे हो। वहाँ अच्छे-अच्छे आतंकवादियों की पेशाब निकल जाती है हमें देखकर।"

उसकी माई ने गर्व से रामराज की तरफ़ देखा। पूरे चमरबाड़े में उसका रामराज अकेला फ़ौजी है। उसने फिर समझाया। माई के अनुभव अलग थे, बोली, "वहाँ की बात अलग है। यहाँ तो...।"

लेकिन तब तक रामराज मोटरसाइकिल स्टार्ट कर चुका था।

बहुत दिनों बाद उसका ससुराल जाना हो रहा था। इसलिए साले-सालियों के लिए उसने फल, मिठाई और कुछ कपड़े रास्ते में पड़ने

वाले एक क़स्बे से ख़रीदने थे। बड़े साले के लिए रस की एक बोतल उसने पहले ही घर से डिक्की में रख ली थी। वह रास्ते में अपने बचाव के सम्भावित उपाय सोचता रहा।

डर उसके मन में बाज़ की तरह न जाने कब आ बैठा। इस डर की क़िस्म उसकी समझ से परे थी। उसके कन्धे मोटरसाइकिल पर झुक से गए थे। इतना तो वह बारामूला कश्मीर की उन पहाड़ियों और जंगलों में रात के वक़्त भी भयभीत नहीं हुआ जब वह पहली बार वहाँ तैनात हुआ था और यहाँ...यहाँ...यहाँ...वह दिन के उजाले में अपने ही इलाक़े में हैं, फिर भी...। मई के अन्तिम दिन की ये एक गरम दोपहर थी। लोग अधिकतर घरों में दुबके हुए थे। कहीं-कहीं पाँच-पाँच, छह-छह लोग ताश के पत्तों पर झुके हुए थे। मोटरसाइकिल की आवाज़ सुनकर एक-दो ने उसकी तरफ़ घूरकर कनखियों से देखा था। उसके अन्दर डर की एक लहर-सी उठी। दुकानें खुली हुई थीं। वह लोगों से बिना निगाहें मिलाए अपनी ज़रूरत का सामान ख़रीदने में तल्लीन हो गया।

उसने जल्दी-जल्दी सामान ख़रीदा। केले, सेब, आम, कुछ मिठाइयाँ-खीरामोहन, मावे के लड्डू और एक किलो उस क़स्बे की प्रसिद्ध गूँजी। कपड़े, एक फोर स्क्वायर सिगरेट का पैकेट। पैकेट पैंट की जेब में ठूँसी। बाक़ी सामान मोटरसाइकिल की डिक्की में रखा। वह दुकान के बाहर बिछी एक पट्टी पर बैठकर अब सिगरेट सुलगाने लगा। शर्ट की जेब में मोबाइल टटोला, मौजूद था। इत्मीनान से धुआँ छोड़ते हुए उसने आजू-बाजू के घरों का मुआयना किया। उसे लगा, क़स्बा गूजर बाहुल्य है। उसने वहीं बैठे-बैठे तय किया कि वह अपनी जाति नहीं छुपाएगा। जो है, साफ़-साफ़ बता देगा। उसने अब अपने आपको काफ़ी हल्का महसूस किया। डर धीरे-धीरे सिगरेट के धुएँ के साथ बाहर निकलता रहा। उसने सिगरेट का टोटा बूट से कुचला, जैसे डर को कुचल रहा हो। फिर मोटरसाइकिल पर सवार होकर किक लगाई।

क़स्बा ख़त्म होते ही एक तिराहा था जहाँ से उसे पश्चिम की तरफ़ जाने वाली सड़क पर चलना था। वहाँ का मंज़र देखकर उसका हलक सूखने लगा। मोटरसाइकिल की रफ़्तार कम हो गई अपने आप। डर फिर से उसके कन्धों पर आ बैठा। लाठी, सरिया, कुल्हाड़ी और धारदार हथियारों से लैस सैकड़ों उन्मादी लोग अपने इष्टदेव के जयकारों के साथ हथियार हवा में लहरा रहे थे। वह वापस मुड़ने की सोच पाता, इससे पहले वे उसे घेर चुके थे। उसने सवालिया नज़रों से सबको देखा। सत्तर साल के बूढ़े से लेकर दस वर्ष के बच्चों तक के हाथ में कुछ-न-कुछ ख़तरनाक हथियार मौजूद था।

भीड़ की अगुवाई करने वाले एक नेतानुमा नौजवान ने नंगी पैनी गुप्ती उसकी पसलियों में चुभोकर कहा, "नीचे उतर भूतणी के।"

वह मोटरसाइकिल से उतरकर चुपचाप खड़ा हो गया। अब उसे अपनी माई की बातें रह-रह कर याद आने लगीं।

"कौण सा गाँव ठहरा?"

उसने हकलाते हुए गाँव का नाम बताया।

"जात बोल जात स्सालेऽऽऽ...।" पूछने वाले ने नंगी गुप्ती उसकी पसलियों से हटाकर अब उसका जबड़ा पकड़ लिया था।

"जाटव!" उसने रूमाल से अपना पसीना पोंछा। "जाटव... यानी...चमट्टा...!"

"हाँ-हाँ वही।" उसने जल्दी-जल्दी पुष्टि करते हुए राहत महसूस की। उसकी छोटी-छोटी मूँछों और फ़ौजी कटिंग देखकर पूछने वाले नौजवान के मन में खटका-सा हुआ, "फ़ौजी हो...?"

"जी हाँ, परसों ही कश्मीर से पन्द्रह दिन की छुट्टी पर आया हूँ।"

"झूठ बोलता है भो...स...! चमारों के पुरखे भी गए हैं कभी फ़ौज में...? जात छुपाता है मा...द...र..ऽ...ऽऽ गूजर-हो-क-र...!" भीड़ में से निकलकर बड़ी-बड़ी मूँछों वाले एक रिटायर्ड फ़ौजीनुमा आदमी ने

उसकी कनपटी पर खीजकर ज़ोर से मुक्का मारा। जवान था वह। ताक़त भी थी बदन में। मगर चोट इतनी अचानक थी कि उसे चक्कर आ गया। खोपड़ी में बगूले से उठने लगे। वह तिलमिला गया। कुछ सँभलता, उससे पहले हॉकी की स्टिक का एक ज़बरदस्त प्रहार उसके बाएँ पैर की पिंडली पर पीछे से हुआ। वह लड़खड़ाकर गिरा तो मोबाइल शर्ट की जेब से उछलकर निकला और भीड़ में गायब। वह मोबाइल के लिए लपकता, उससे पहले ही उसका कॉलर पकड़कर उस नेतानुमा नौजवान ने खड़ा करके कहा, "नीच का मूत बणता है कुत्ताऽऽऽ...शक्ल से तो गूजर जैसा लगता है।"

"हमारे गाँव में गूजर भी हैं, मीणा भी हैं। मैं...मैं झूठ नहीं बोल रहा, मैं जाटव हूँ...।" उसकी आँखों से आँसू झरने लगे।

इतने में भीड़ में से किसी ने कहा, "इसकी गाड़ी में आग लगा दो।"

वह मोटरसाइकिल की तरफ़ लपकने को हुआ। भीड़ जयकारे लगा रही थी। धूप में तल्खी बढ़ती जा रही थी और उसे प्यास लगी थी जोरदार। उसने हाथ जोड़कर कहा, "नहीं...नहीं...मुझे ससुराल जाना है।" बोलते-बोलते उसकी घिग्घी बँध गई।

"हम भेजेंगे तुझे ससुराल स्साले ऽऽऽ...झूठ बोलता है ब...ह...न... चो...मीणा होगा ज़रूर। मारो स्सालेऽऽ को।" भीड़ में शोर बढ़ता जा रहा था। दर्द के कारण कनपटी और बाईं पिंडली बिजली की तरह लप्प-झप्प...लप्प-झप्प करने लगी थी।

वह एक बार फिर नीचे पटका गया। नंगी गुप्ती वाले नौजवान ने गुप्ती उसके गले से सटाकर कहा, "खड़ा हो।"

वह खड़ा हो गया।

नौजवान ने फिर गुप्ती हवा में लहराकर भीड़ से कहा, "जाने दो इसे। क्या पता भैन...चो...गूजरों का मूत हो!"

भीड़ एक तरफ़ हट गई। उसने अपने गुम हो चुके मोबाइल के बारे में सोचा। मगर कुछ भी कहने की हिम्मत नहीं जुटा पाया। फिर देगा भी कौन...?

वह लड़खड़ाते क़दमों से मोटरसाइकिल तक आया। सिर बुरी तरह चकरा रहा था। गले में प्यास के मारे काँटे चुभ रहे थे। उसने देखा, सड़क के दाईं ओर एक नीम तले पुलिस के चार-पाँच सिपाही बैठे उसके साथ हुए हादसे से अनजान बने ताश खेलने में तल्लीन थे।

उसने पलटकर पानी माँगा।

भीड़ में से कुछ लोग फिर उसकी ओर लपके। एक ने सरिया लहराकर पूछा, "क्या है...?"

"पानी...पानी पिऊँगा...।"

"तेरी माई की...स्साले...!" फिर कहने वाले ने भीड़ के सामने ही अपनी पैंट की जिप खोलकर बेहयाई से कहा, "ले फ्रिज़ का है...।"

उसका सारा वजूद हिल गया।

जैसे-तैसे मोटरसाइकिल स्टार्ट की। काँपते हाथों से हैंडिल साधा और बिना पीछे देखे आगे बढ़ गया। बदन अब भी थरथरा रहा था। उसने सोचा—आख़िर उसका क़सूर क्या था...? अब तो ससुराल भी यहाँ से मात्र दस-ग्यारह किलोमीटर दूर रह गई है और घर...! वह बहुत पीछे छूट चुका है।

उसे ससुराल पहुँचना था।

उसे इस तरह बचकर जाता हुआ देख भीड़ में से एक ने गुप्ती वाले नौजवान से ग़ुस्से में गाली बकते हुए कहा, "तेरी...माई...की! भैंन...के उसकी मूँछे काटनी थीं। स्साले‌ऽऽऽ! ये आरक्षण अब मूँछों का सवाल बण चुका है।"

"लेकिन वो...वो...तो चमार था।" नौजवान ने हाथ मलते हुए ख़ुद को और सामने वाले को तसल्ली दी।

“वो शर्तिया मीणा था। हमारे आसपास के कई मीणाओं के लड़के फ़ौज में हैं। मुझे पता है। वो हमें धोखा देकर बच गया गंड...।” कहने वाले के चेहरे पर आक्रोश था। अफ़सोस था। कइयों ने उसका समर्थन किया।

“आज सुबह से सिर्फ़ पाँच हाथ लगे हैं। ये छठवाँ था जो हम सबको चूतिया बनाकर चला गया।” बड़ी-बड़ी मूँछों वाले एक मज़बूत आदमी ने भीड़ से कहा। वे फिर से किसी शिकार का उम्मीद लिये सतर्क हो गए थे।

रामराज की मोटरसाइकिल उसकी ससुराल की तरफ़ जाने वाली सड़क पर बहुत सुस्त और पस्त रफ़्तार से रेंग रही थी। बीच में अब कोई गाँव नहीं है। एक-दो मीणाओं के गाँव थे जो सड़क के तीन-चार किलोमीटर दूर अगल-बगल बसे हुए थे। उसकी कनपटी अब भी सनसना रही थी। बाएँ पाँव की पिंडली में सूजन हो चुकी थी। सूर्य आसमान के बीचोबीच था। ऊपर से आग बरस रही थी। प्यास लगता है, मार ही डालेगी। उसे याद आया—बीच में एक धर्मशाला है, छोटी-सी। वहाँ पहले प्याऊ लगती थी, अब भी होगी। उसने अपने पपड़ाए होंठों पर जीभ फेरी। थूक सूख चुका था। सड़क के किनारे दोनों तरफ़ परदेसी बबूलों का अन्तहीन झुरमुट था जो उसके दिल में रह-रह कर ख़ौफ़ पैदा कर रहा था। धर्मशाला आ चुकी थी।

वह मोटरसाइकिल सड़क के एक तरफ़ खड़ी कर नीचे उतरा। गरम दोपहर में साँय-साँय करती धर्मशाला सूनी थी। आसपास कहीं हैंडपम्प भी नहीं था।

पेशाब भी उतरने-उतरने को थी। वह परदेसी बबूलों के झुरमुटों की ओट में पैंट की जिप खोलकर खड़ा हो गया। पेशाब की अभी गरम-गरम चन्द बूँदें टपकी ही थीं कि झुरमुट के पीछे उसे चमकती हुई कई जोड़ी हिंसक आँखें नज़र आईं। डर से पेशाब बन्द। हड़बड़ी में जिप लगाकर

मुड़ा। पीछे से परदेसी बबूलों के झुरमुट से निकलकर कई लोग उसे घेर चुके थे। वह बदहवास अपनी बाइक की तरफ़ लपका।

मगर नहीं...इतना वक़्त कहाँ था। वह झटके से पलटकर पूरी ताक़त से सड़क छोड़कर सूने-तपते खेतों में भागा। बायाँ पाँव साथ छोड़ने लगा। पीछे हिंसक भीड़ थी निश्चिंत। शिकार जाएगा कहाँ...? और वह भी कब तक भाग सकता था। पहले से घायल, प्यासा और घबराया।

वह एक बबूल की छितराई छाया में आकर गिर पड़ा। अब और भागा नहीं जाता। क़तई नहीं। भीड़ साँप की तरह कुंडली मारे उसके चारों तरफ़ लिपटती जा रही थी।

उसने डर से आँखें बन्द कर ली। लाठी का एक ठुसिका उसकी पसलियों पर लगा। वह दर्द से बिलबिला उठा।

"खड़ा हो...भैंन चो...।"

वह मुश्किल से खड़ा हुआ।

"गाँव का नाम बोल..."

उसने मरियल-सी आवाज़ में गाँव का नाम बताया।

"जात बोल...!"

"मीणा...।" उसकी जुबान लड़खड़ा गई। वह बचना चाहता था।

"झूठऽऽ ।" भीड़ में से एक ने उसके पेट में कसकर घूँसा मारा। उसने 'अर...अर...र' कर उल्टी कर दी।

"जात बता।" आवाज़ बिजली की तरह कड़की।

उसने फिर झूठ बोला, "मीणा।"

"तेरी तो...हरामी...मीणा बणता है। चल मीणा है तो गोत्र बता अपना।"

उसे कुछ भी याद नहीं आया। डर तथा कुछ समय पहले हुए हादसे के सदमे में वह अपने गाँव के मीणाओं का गोत्र भूल चुका था।

"आख़िरी बार पूछ रहा हूँ...अपनी जात बता...।" अगुवाई करने वाले ने उसके गाल पर कसकर थप्पड़ मारा।

"मैं...मैं...झूठ...नहीं, जाटव हूँ।" उसने सच उगला।

इस बीच कई उत्पाती उसकी मोटरसाइकिल घसीट लाए थे।

"देखो तो स्साले ने मूँछ कैसे ऐंठ रखी है...कटिंग देखो...हरामी की...फ़ौजी है। गूजर है। तेरी तो माई की..." घुटने पर ज़ोरदार लाठी का प्रहार कर अगुवा ने भीड़ में से एक को सम्बोधित कर आदेश दिया, "ला, रेज़र-पत्ती निकाल, इसकी हजामत बणा देते हैं।"

रेज़र-पत्ती तैयार होने लगी।

"भाई, इस गाड़ी का क्या करें...?" भीड़ में से एक ने पूछा।

"करना क्या...फूँक दो स्साली को।" उसने रेज़र-पत्ती हाथ में लेते हुए कहा।

रामराज गों...गों कर चीख़ा मगर आवाज़ नहीं निकली। रामराज ने अपने एक हाथ की ओक कर पानी पीने की इच्छा ज़ाहिर की।

"पाणी पिएगा?"

उसने गर्दन झटककर हामी भरी।

"ऐऽऽऽ पन्हैया में थोड़ा गंगाजल तो ला रे, छोट्या।" भीड़ का नेतृत्व करने वाले ने ठिंगने क़द के एक मज़बूत आदमी से कहा। ठिंगना आदमी भीड़ से हटकर एक ओर गया। लौटा तो पन्हैया में गंगाजल था।

"ले मुँह खोल, गंगाजल है।" उसने कसकर दाँत भींच लिये।

"लेऽऽ खोल हरामी मुँह। पहले मीणा बणा। फिर चमार...कंजरया (गूजरों को दी जाने वाली गाली) बचकर जाएगा कैसे...।" ठिंगने और मज़बूत आदमी ने पूरी ताक़त से उसका जबड़ा पकड़कर चौड़ा करने की कोशिश की। लेकिन रामराज अब भी अपने दाँतों को मज़बूती से भींचे हुए था। उसके गले से घरघराने की कातर आवाज़ आ रही थी। नथुने फड़क रहे थे और आँखों में याचना थी, प्रार्थना थी।

"ये ऐसे नहीं खोलेगा। लाऽऽऽ लाठी मुझे दे।" एक ने लाठी लेकर उसके होंठों पर ज़ोर से ठुसिका मारा। होंठों के बीच फच्चऽऽ से दरार-सी बन गई। तल...तल...तल...खून बहने लगा। दो दाँत बाहर गिरे।

तीन-चार जनों ने मिलकर जबड़ा चौड़ा किया। पन्हैया में भरा पेशाब उसके हलक में डाल दिया गया।

उसे उबकाई आई। फिर उल्टी हुई। ख़ून से सराबोर लार होंठों से होती हुई गले तक फैल चुकी थी। मोटरसाइकिल फूँकने से पहले उसमें लगी डिक्की का ताला तोड़ा गया। सामान बाहर निकाला। कुछ केले थे, कुछ सेब। कुछ आम और खीरमोहन थे। मावे के लड्डू थे। नए कपड़े के नीचे रम की बोतल छुपी हुई थी जिसे ख़ासकर वह घर से अपने बड़े साले के इसरार पर रखकर लाया था। भीड़ ने उन्मादी ख़ुशी में सारा सामान झपटा। जिसके जो भी हाथ लगा वो हजम किया। मगर रम की वह ख़ास बोतल भीड़ में से किसी ने अगुवाई करने वाले के हाथ में लाकर थमा दी।

रम की बोतल देखकर वह उन्मादी स्वर में बोला, "चक्का जाम में ससुरी दारू भी नसीब नहीं हुई कई दिन से...।" उसने उतावली में बोतल का ढक्कन खोल बिना पानी के ही गटागट लगभग एक पाव डकार ली।

इस बीच भीड़ ने उसे इतना रौंद डाला था कि उसके नाक और मुँह से ख़ून निकलकर कपड़ों को रँगने लगा था। जो भी आता, उसके जिस्म पर लात-घूँसा जमा ही देता। वह अर्द्ध मूर्च्छित अवस्था में पहुँच चुका था। वह नहीं जानता था कि ये कौन लोग हैं...वह नहीं जानता था कि वह स्वयं कहाँ है...क्यों है...और आख़िर वे चाहते क्या हैं...?

चार-पाँच हट्टे-कट्टे लोगों ने उसके हाथ-पाँव सूअर की तरह पकड़कर जाम कर रखे थे। रेज़र-पत्ती (ब्लेड) कभी की तैयार थी।

'नीट' रम गले से नीचे उतरते ही नेतृत्व करने वाले ने किसी स्याणे, भोपा या ओझा की तरह अभ्यस्त फुरफुरी ली। हाथ में रेज़र पकड़कर वह घुटनों के बल बैठकर झूमता हुआ बोला, "इन ससुरी मूँछों की ही तो लड़ाई ठहरी।"

रामराज जाल में फँसे तीतर की मानिंद फड़फड़ाया, छटपटाया। अपना मुँह छुपाने की नाकाम कोशिश करने लगा तो एक ज़ोरदार मुक्का उसकी नाक के बीचोबीच पड़ा।

"तेरी...तो...स्सालेऽऽऽ हमको चूतिया समझा, ऐंऽऽऽ! जात छुपाकर बचना चाहता था हरामी। तुमने या तुम्हारी बिरादरी वालों ने हमारी जात के कई लोगों की मूँछें काटी हैं।" नेतृत्व करने वाले ने फिर पकड़ने वालों से कड़ककर कहा, "ठीक से पकड़ो इसे।"

और उसने बाईं तरफ़ की मूँछ जड़ से उड़ा दी। फिर सिर के बालों के बीचोबीच सामने से लेकर पीछे तक रेज़र फेर सफाचट माँग निकाल दी।

रामराज ने नीम बेहोशी में अपने साथ हुए कृत्य को महसूस किया। नीम बेहोशी में ही अपनी ख़ाक हुई नई हीरो होंडा मोटरसाइकिल देखी। भीड़ उसकी एक तरफ़ की कटी हुई मूँछ और सिर पर सामने से पीछे तक साफ़ एक पटली बाल देखकर उन्माद में डूबी हँस रही थी। नारे लगा रही थी। वह लगभग अचेत होकर एक तरफ़ लुढ़क-सा गया। ख़ून मुँह और नाक से निकलकर कपड़ों पर बूँद-बूँद अब भी टपक रहा था।

दिन अब क़रीब-क़रीब ढलने लगा था। हवा एकदम बन्द थी। थोड़ी देर बाद उसे हल्का-सा होश आया। आँखों की पुतलियों पर ख़ून सूखकर पपड़ा गया था। सिर, नाक, मुँह, घुटनों और पसलियों में दर्द का ज्वार-सा उठता। प्यास अब कहीं आसपास भी नहीं थी, कपड़े फटकर तार-तार हो चुके थे। वह अपने ससुराल से मात्र पाँच-छह किलोमीटर

दूर था। उसे अपनी पत्नी सुगर बाई का मासूम चेहरा याद आया। याद आई गौने की रात। याद आया बचपन और दोस्त, याद आई फ़ौज की वो ज़िन्दगी जिसमें जात-पात तो थी मगर इतनी जानलेवा और अपमानजनक नहीं थी। उसकी आँखें ठीक से खुल नहीं पा रही थीं। उसने एक पल सोचा—पता नहीं, माई और काका ने क्या सोचकर उसका नाम रामराज रखा होगा?

वह बबूल के काले-खुरदरे तने के सहारे लड़खड़ाकर जैसे-तैसे खड़ा हुआ। मुँह पर हाथ फेरा। सिर पर हाथ फेरा। उसने माँ जाए की तरह बबूल के काले और खुरदरे तने की बाथ भर ली और बहुत देर तक सिसकता रहा। भीड़ उसे आठवाँ शिकार घोषित कर कभी की अपने मोर्चे पर जा चुकी थी।

सिर लगातार घूम रहा था। उसने बबूल के तने से अपने आपको ज़बरदस्ती छुड़ाया। दो-चार क़दम चलने की कोशिश की। पैर घिसट रहे थे। तभी उसे मूर्च्छा-सी आई। वह लड़खड़ाकर औंधे मुँह लेट गया। पलकें भारी होने लगीं।

उसे लगा, कोई उसकी पीठ पर हल्की-हल्की थपकी देकर सुला रहा है। कुछ पल बाद लगा—नहीं...नहीं...कोई है जो उसे जगाने की कोशिश कर रहा है?

उसने नाक में होने वाले दर्द के कारण नाक को ज़मीन पर रगड़ा और रगड़ने से हुए अतिरिक्त दर्द से अपने आपको उबारने के लिए एक लय में ऊपर-नीचे होने लगा।

"बेटा रामराज! रामराज...!! कब तक सोता रहेगा...? छुट्टियाँ ख़त्म होने को हैं। ड्यूटी पर नहीं जाएगा...?" उसे लगा, माई गोद में लेकर पूछ रही है।

उसने अर्द्ध बेहोशी में पुकारा, "माईऽऽऽ!!"

"ले, पानी पी ले बेटा! तेरे को प्यास लगी होगी। कोरी मटकी

का है। आज ही बोई है रंगलाल कुम्हार से लेकर। बहुत ठंडा पानी है।" उसे माँ का चिन्तित, स्नेहिल चेहरा नीम बेहोशी में बनता-बिगड़ता नज़र आया।

"माईऽऽऽ...ओऽऽऽ!!..." उस उजाड़ और निर्जन में अब वह कुछ-कुछ चैतन्य होकर गाय के बछड़े की तरह रँभा रहा था और प्यास अब सचमुच फिर से जागने लगी थी।

31 मई का एक और गरम दिन ढल रहा था।

कैसे उड़े चिड़िया

रबी की फ़सल पक चुकी थी। गेहूँ की बालियाँ सुनहरी नज़र आने लगी थीं। सरसों कट चुकी थी। जिधर देखो उधर चिड़ियाएँ चीं-चीं करती नज़र आतीं। फ़सल तथा पेड़ों पर चिड़ियों ने अपना क़ब्ज़ा कर रखा था। सर्दी अपने पीहर जा चुकी थी और गर्मी की जवानी धरती के कोने-कोने पर अपने गुनगुने रूप की आभा बिखेरती ससुराल की ओर बगटूट दौड़ने लगी थी। ये मार्च का महीना था। चिड़ियों के हूकने का मौसम था। चिड़े दिन-भर उनकी आजिज़ी में लगे रहते।

अंडा देने से पहले बहुत कुछ सम्पन्न करना था उन्हें। सृजन के लिए एकान्त तलाशना और फिर तिनका-तिनका चुनकर घोंसला बनाना। सबके अपने-अपने एकान्त थे। मगर उन्होंने जिस आदमी का घर चुना वह किताबों से भरा हुआ था। उस घर का एक दरवाज़ा पूरब दिशा की ओर ऐन रास्ते में खुलता था और दूसरा उसके ठीक विपरीत पश्चिम दिशा में अन्दर की ओर खुलता था। पूरब दिशा के दरवाज़े के सामने भैंसों का बाड़ा था। बाड़े में एक जवान नीम का पेड़ था। गोबर की गन्ध थी। भैंसों के गाहे-बगाहे रेंकने का शोर था। कंडे थापने की थप-थप की लयात्मक धुन फैली हुई थी। वह आदमी दिन की गर्मी में बाड़े के बीचोबीच उस जवान नीम की घनी-ठंडी छाँव में खरहरी खाट पर लेटा-लेटा कुछ-न-कुछ पढ़ता हुआ ऊँघता रहता था। औरत उसके

इस निठल्लेपन से आजिज़ आ चुकी थी। किताबें उसके लिए सौतन थीं और चिड़ियाएँ उसके लिए छिनाल!

औरत सुबह चार बजे जगती। भैंसों को सानी करती, गोबर इकट्ठा करती, फिर दूध काढ़ती, कंडे थापती। तब एक उजाला हो चुका होता। फिर चाय बनाती। वह दिन-भर खेतों में निकल जाती। वह चकरी की तरह हर वक़्त एक घेरे में अपनी धुरी पर घूमती रहती थी। दिन-रात इस दुनिया में उसकी बदौलत थे। उसके कामों का कोई ओर-छोर न था। धरती के इस कोने से उस कोने तक उसकी बड़बड़ाहट सुनी जा सकती थी। लेकिन आदमी के निकम्मेपन पर उसके बड़बड़ाने का कोई अनुकूल असर कभी देखा-सुना नहीं गया।

एक दिन जब वह नीम की छाँव में चारपाई पर लेटा-लेटा अपने स्मार्ट फ़ोन में गहरे पैठा हुआ था तो उसने एक आवाज़ सुनी। उसने तेज़ी से इधर-उधर देखा। कहीं कोई नहीं था। वह फिर से अपने स्मार्ट-फ़ोन में उलझे, उससे पहले ही उसे सुनाई दिया। इस बार आवाज़ साफ़ थी।

'चीं-चीं-चीं...।'

उसने लेटे-लेटे नज़रें ऊपर की। घेर-घुमेरे नीम की एक डाल पर चिड़ा-चिड़ी का एक जोड़ा नज़र आया।

आदमी ने चिढ़कर पूछा—'क्या है?'

'अपनी औरत को समझाओ ना।' चिड़ी ने कहा।

'क्या किया उसने...?' आदमी अब चारपाई पर बैठ चुका था। उसने फ़ोन बन्द किया।

'वह तुम्हारी किताबों के बीच हमें घोंसला नहीं बनाने देती।'

'मुझे पता नहीं।' आदमी अब भी चिढ़ा हुआ था।

'तुम्हें कैसे पता होगा, तुम तो हमेशा नींद में रहते हो! कई बार झाड़ू लेकर हमें मारने दौड़ चुकी है। कहती है—गन्दगी क्या तुम्हारा बाप

साफ़ करेगा...!' चिड़ी की आँखों में दर्द उभर आया। बाज़ और कौवे हमारे पीछे पड़े हैं। बिल्ली अलग से घात लगाकर बैठी रहती है। तुम्हारा कमरा सुरक्षित लगा बस।'

'ये कब होता है?' आदमी ने पूछा।

'सुबह-सुबह,' चिड़े ने बताया।

'ठीक है। मैं कोशिश करूँगा।'

'आख़िर तुम हो किसकी तरफ़...।' चिड़ी ने खुन्नस में पूछा।

'सृजन की तरफ़।' आदमी के होंठों पर अब मुस्कान थी।

'बहुत ख़ूब। कल सुबह हमारा इन्तज़ार करना ! ये कहते हुए चिड़ा-चिड़ी का वो जोड़ा चीं-चीं-चीं...करता हुआ किसी पके खेत की तरफ़ लम्बी उड़ान भर चुका था।

अगली सुबह चिड़ा-चिड़ी की चहचहाट से उसकी नींद खुली। रास्ते की तरफ़ का दरवाज़ा खोल उसने देखा कि उजास फूटने लगा है। वह बाहर की तरफ़ के दरवाज़े से परैंड़ी तक आया। मटकी से एक लोटा भरकर गटागट गटका। मुँह धोया। दबाव को हल्का करने के लिए वह बाड़े की ओर भागा। बाड़े में बाथरूम था। दबाव से मुक्त होने का सुख लेते हुए वह सोचने लगा कि शाम को उसे बेसन की सब्ज़ी नहीं खानी चाहिए थी। बहुत गैस बनाती है कमबख़्त। अख़बार आ चुका था। वह अपने उसी कमरे की चारपाई पर अख़बार फैलाकर, पूरब दिशा की ओर मुँह करके बैठ गया। दुपल्ले किवाड़ के दोनों पल्ले खुले हुए थे। एक पर चिड़ा बैठा हुआ था और दूसरे पर चिड़ी बैठी हुई अपनी चोंच को बार-बार किवाड़ से रगड़े जा रही थी। चिड़ा गर्दन फुलाकर चीं... चीं...कर एक घूमर घालता तो चिड़ी उत्साह में चहचहाने लगती। चिड़े का हौसला बढ़ाती। बमुश्किल इंच भर से भी कम मोटाई के उस किवाड़ पर उनका सन्तुलन किसी कुशल नट-नटनी से कम नहीं था। आदमी देश-दुनिया की थोथी ख़बरों को दिल और दिमाग़ से अब दूर कर चुका

था। चिड़ी की पीठ पर चिड़े का सन्तुलन उसे उजास से भरता जा रहा था। वह एकटक उन्हें देखता हुआ अपना भौतिक वजूद खो चुका था। औरत ने एकाएक उसे चाय का प्याला थमाते हुए कहा—"चा...!" वह हड़बड़ाया। चाय का कप पकड़ते हुए उसने पत्नी से कहा—

"देखो तो...!"

"क्या है...?"

"चिड़ा-चिड़ी...! वो सामने किवाड़ पर।"

पत्नी ने देखा तो चिढ़ गई।

"सुबह-सुबह ऐब दिखाते शरम नहीं आती। लोग सुप्रभात की बेला में भगवान का नाम लेते हैं। एक तुम हो कि रोज़-रोज़ इनकी बेशरमाई देखते रहते हो। इन्होंने तो हद कर रखी है। नाती-पोते वाले हो। कुछ तो लाज-शरम रखो।"

आदमी की चाय में नीम की कड़वाहट उतर आई थी।

चिड़ा-चिड़ी का खेल अब चरम पर था। आदमी ने अपना किताबी ज्ञान झोंका—"ये एक नई सृष्टि की रचना करने में साधनारत हैं। नए सृजन का सृजनकर्ता ही भगवान है। मैं तो रोज़ दर्शन-लाभ लेता हूँ।"

"ई मेरी सौत...रोज़-रोज़ ख़सम के संग-संग यहाँ मौज करे। घेसुआ और इनके छेरों की गन्दगी मैं साफ़ करूँ...! या दारी की बाँदी नीं आई मैं।"

औरत ने एक तरफ़ रखा झाड़ू उठाया और ग़ुस्से में लक्ष्य कर ताक़त से फेंका। चिड़ा-चिड़ी सतर्क थे। फुर्रऽऽऽ से उड़े और बाड़े के नीम की सबसे ऊँची फुनगी पर जा बैठे। ज़ोर-ज़ोर से चीं...चीं...चीं... कर और भी चिढ़ाने लगे।

"मेरी सौत कल अइयो तू। तोय और तेरे ख़सम कू मज़ा नीं चखायो तो मेरी भैंस मरे। घेसुआ तो मरे भी नीं धरने दूँ। रोज़ नए-नए ख़सम लाके यहाँ गौणा करेगी छिनाल!"

औरत की बड़बड़ाहट सुबह-सुबह धरती के इस छोर से उस छोर तक सुनी जा सकती थी। आदमी अपने कान दबाए रहा।

आदमी अब तक की ज़िन्दगी में औरत के कई रूप देख चुका था। कमबख़्त चार दिन महानगर क्या रह आई, बातें बनाना सीख गई। अगर-मगर से नीचे उतरती ही नहीं है और जब उतरती है तो गँवई गन्ध उसके पोर-पोर से फूटने लगती थी। काम का बढ़ता बोझ था या कि बढ़ती महँगाई में बढ़ता ख़र्च था? वह हमेशा चिड़चिड़ाती रहती। इतने सवाल पूछती कि आदमी जवाब देता-देता पसीना पोंछने लगता।

ये अन्तिम मार्च की एक भरी दोपहर थी। आदमी काम से लौटकर अपने उसी कमरे में आराम करने का मंसूबा बाँधे हुए बिजली आने का इन्तज़ार कर रहा था।

"खाना...?" औरत ने रोज़ की तरह पूछा।

"लंच टाइम में एक साथी के साथ कुछ खा लिया था।"

"कुछ तो खा लो। चाय या नीबू पानी?"

"नीबू पानी बना लो गर्मी है।" आदमी ने औरत के चेहरे को ग़ौर से पढ़ा। आज उस चेहरे पर असीम शान्ति थी। ऐसी शान्ति जिसमें कोई बड़बड़ाहट और चिड़चिड़ाहट दूर-दूर तक नहीं थी। आज वह कुछ अतिरिक्त सावधानी से सजी-सँवरी हुई थी।

आदमी ने देखा कि दक्षिण-दिशा वाली ताक पर चिड़ा मुँह फुलाए बैठा है और उत्तर दिशा वाली ताक पर चिड़ी बार-बार खुन्नस में ताक से अपनी चोंच रगड़े जा रही थी। औरत रसोई में नीबू पानी बनाने में उलझी हुई थी। आदमी चिड़ा और चिड़ी को ग़ौर से देखे जा रहा था।

"लो...।" औरत ने नीबू पानी से भरा गिलास आदमी की ओर बढ़ाया। आदमी ने अन्दाज़े से गिलास पकड़कर एक भरपूर घूँट ली। औरत ने चारपाई पर उसके पास बैठते हुए अपना गिलास एक साँस में ख़ाली कर पूछा—"कहाँ खोये हो...?"

"वो देखो...!" आदमी ने अलग-अलग दिशा में ताकों पर बैठे चिड़ा-चिड़ी की ओर इशारा किया।

"दिमाग़ चल गया है तुम्हारा तो...! अब भी इस उम्र में जी नहीं भरा...!" औरत ने मुँह बनाकर एक नज़र ताकों पर बैठे चिड़ा-चिड़ी की ओर देखकर कहा।

चिड़ा गर्दन फुलाकर अपनी वाली ताक पर कभी इधर से उधर नाचता। कभी ताक पर ज़ोर-ज़ोर से चोंच रगड़कर चीं...चीं..., चीं... चीं...करता। सामने की ताक पर बैठी चिड़ी प्रत्युत्तर में पंख फड़फड़ाती हुई चीं...चीं...कर अपने पास आने का मादक आमंत्रण देती।

आदमी और औरत की अब इस 'रूसा-मटकी' के खेल में दिलचस्पी बढ़ने लगी थी।

"बेटा...! इसकी ग़रज़ होगी तो ख़ुद आएगी तेरे पास । तुझे नहीं जाना।" आदमी ने चिड़े से कहा।

"इसकी क्या ग़रज़ जो आएगी और कब तक आएगी...? मैं कहती हूँ ये मर जाएगी लेकिन जाएगी नहीं...।" औरत का स्वर खुरदरा होने लगा था।

"तुझे क्या लेना-देना बीच में...? रोज़ सुबह तो इसे मारने दौड़ती रहती है। बार-बार इसका घोंसला बिखेर देती है।" आदमी को चिढ़ होने लगी थी।

"और तुम्हारे क्या रिश्तेदार हैं ये...?" औरत का स्वर तल्ख़ था।

"कुछ भी हो, ये चिड़ा इसके पास नहीं जाएगा।"

"चिड़ी भी नहीं जाएगी। काट लो जो काटना है!"

चिड़ी अपनी जगह से ज़रा भी उड़ान लेती तो औरत का टेंटुआ सूखने लगता। यही हाल आदमी का होने लगा था।

"देख भैंणा...। अब तक की करतूत मेरी माफ़ करियो।" औरत ने वाक़ई हाथ जोड़कर चिड़ी से माफ़ी माँगी।

चिड़ा-चिड़ी का हल्के से पंख फड़फड़ाना उन दोनों के दिल की धड़कन बढ़ा देता।

"शर्त लगा लो..! हटै जाको पथ घटै...।" औरत ने ताल ठोकी।

चिड़े ने पंख फड़फड़ाकर खोले। और जैसे ही एक छोटी उड़ान भरी कि आदमी का मुँह उतर गया।

"कमबख़्त...! नमकहराम...! दगाबाज़...! मैं कितने दिन से तुम्हारे पक्ष में लड़ता आया हूँ...। सोचा तूने...? जा हरामख़ोर...ख़ूब जा...! चाट ले उसको...।" आदमी पगलाई हालत में अंट-शंट बकने लगा।

मगर चिड़ा चिड़ी के पास गया नहीं। कमरे का एक चक्कर लगाकर वापस अपनी जगह पर लौट आया था।

"उफ़...!" आदमी को जैसे जीवन मिल गया।

औरत ने खा जाने वाली नज़रों से पहले चिड़े को देखा फिर आदमी को घूरा। आदमी की आँखों में पुरुषत्व का दर्प नज़र आया।

औरत हिस्टीरियाई अन्दाज़ में हिली। हाथों को पंखों की शैली में हिलाया और फुर्रऽऽऽ हो गई। आदमी को उसकी आवाज़ दूर धरती के छोर से आती हुई महसूस हो रही थी।

"सुन भैणा...। तेरी हार सिर्फ़ तेरी नहीं...इस धरती की हार है। धरती हार गई तो प्रलय होगी...। तू चाहे मेरी अँगिया में घेसुआ बना ले। चाहे मेरे घाघरे में अंडा दे ले। पर हारना मत..."

आदमी औरत की बात सुनकर हतप्रभ था। सदियों तक हारते जाने की टीस औरत की आँखों से बहने लगी थी। आदमी अब भी सन्न था। बात इस हद तक पहुँच जाएगी उसे कभी अन्दाज़ा नहीं था।

लेकिन हार तो उसे भी पसन्द नहीं थी और औरत को एहसान और सहानुभूति से सख़्त चिढ़ थी।

मार्च की उस गर्म दोपहरी में उस कमरे में होने को तो चार प्राणी ही थे। मगर दो प्राणी वहाँ होते हुए भी अनुपस्थित थे।

औरत और आदमी कब...कौन से क्षणांश में चिड़ा-चिड़ी में तब्दील हुए होंगे, किसी को अहसास तक नहीं हुआ।

ठीक उसी क्षण मैंने उस कमरे में प्रवेश किया। आदमी से मुझे एक ज़रूरी ख़बर साझा करनी थी। मैंने देखा आदमी और औरत एक चारपाई पर बुत बने बैठे हैं। कहीं कोई हलचल नहीं।

वो मेरी उपस्थिति से बेख़बर थे। जबकि मैं उनके ऐन सामने कुर्सी पर बैठ चुका था। आदमी का टेबल पर रखा स्मार्ट फ़ोन लगातार बज रहा था।

चिड़ा ज़ोर से चीं...चीं...की टेर लगाकर चिड़ी के पास जा चुका था। दोनों एक-दूसरे की गर्दन में चोंच फँसाए मगन थे।

मुझसे ये दृश्य देखा नहीं गया। मैं वहाँ से तुरन्त खड़ा होकर बाहर निकला। आख़िर मैं भी तो एक पुरुष हूँ।

कोई जादू है क्या...!

आठ साल पहले ख़रीदी सुजुकी मैक्स हंड्रेड मोटरसाइकिल से जब वह लगभग पचास किलोमीटर दूर तक का सफ़र तय करके लौटता, तो उसकी नस-नस चटकने लगती। सड़क का हाल तो हर जगह लगभग एक जैसा था। जगह-जगह से उखड़ी सड़क पर रफ़्तार से चलना मोटरसाइकिल और सवार दोनों के लिए घातक था। सुजुकी के अगले-पिछले शॉकर जा चुके थे। चैन-चक्का भी खचड़-खचड़ करता था। पिछला टायर घिस चुका था। फिर भी वह दीपावली की छुट्टियों में उसकी मरम्मत की सोच उसे जैसे-तैसे घसीटे जा रहा था। उसका मन तो बहुत मचलता कि नई हीरो होंडा स्प्लेंडर प्लस ख़रीदकर उस पर सवारी करे। लेकिन पैंतालीस हज़ार का इन्तज़ाम करना उसे मुश्किल लग रहा था। चाहकर भी कोई गुंजाइश नहीं निकल रही थी। साथी लोग मिलते, तो सुजुकी की ओर देख बुरा-सा मुँह बनाकर कहते, “इतने लम्बे-चौड़े आदमी के लिए वैसे भी सुजुकी शोभा नहीं देती—वो भी पुरानी। पानी की तरह पेट्रोल पीती है। हीरो होंडा कम्पनी की ख़रीद डालो। बिलकुल पानी पर तैरती है।”

उसे साथी लोग शुभचिन्तक कम, हीरो होंडा कम्पनी के एजेंट ज़्यादा लगते। वह दलील देता, “बरसों साथ निभाया है इसने। काम चला देती है। कभी एक्सीडेंट नहीं किया।” वह जानबूझकर ये नहीं कह पाता

कि 'यार, हीरो होंडा या बज़ाज़ की नई मोटरसाइकिल लायक़ फ़िलहाल उसके पास पैसे नहीं हैं।'

अगर कहता भी, तो साथी लोग मानते? क़तई नहीं, बल्कि उसके पीठ पीछे यही कहते, "हमें उल्लू समझता है! इसे पैसों की क्या कमी है? सब भाई सरकार के नक़द जँवाई हैं। मास्टर ही तो ठहरा...। मक्खीचूस होती है मास्टरों की क़ौम।"

"ख़ुद की इज़्ज़त भी नहीं देखता। खटारा सुजुकी पर लदा फिरता है।"

सभी के मुँह से कमोबेश यही संवाद निकलते। वह जब-जब सुनता, तो मन मसोसकर रह जाता। घर का ख़र्च था ही। खेती-बारी में बचता कम, लागत ज़्यादा लग जाती। हारी-बीमारी जब-तब जेब में सेंध लगाती रहती। अलग-अलग शहरों में पढ़ते दो बच्चों का ख़र्च भी था। बीच-बीच में आने वाले आकस्मिक ख़र्चों का हिसाब तो वह कभी लगा भी नहीं पाया। पिछले तीन-चार वर्ष से तो संवत् भी धोखा दे रहा था, इसलिए भैंसों के चारे का इन्तज़ाम भी अकेली तनख़्वाह के भरोसे चल रहा था। बच्चों को घी भेजना पड़ता था, इसलिए दूध नहीं बेच पाते।

घर से लगभग तेरह किलोमीटर तहसील दूर और तहसील से बारह किलोमीटर दूर स्कूल था। आना-जाना तहसील के बीच से होता और इस तरह एक सौ का नोट धुएँ में हर रोज़ बदलकर शून्य में विलीन हो जाता। महीना ख़त्म होते-होते जेब तंगतर होती जाती। आते-जाते वक़्त लिफ्ट माँगने वालों का झमेला उसे भन्नाए रहता। घर से चलता, तो गाँव के बस स्टैंड पर कोई न कोई हाथ का बैरियर झुलाता तैयार मिलता। मन मारकर वह किसी एक को लिफ्ट देता, तो दूसरा ठिनक उठता और जिनको कभी-कभी वह लिफ्ट नहीं दे पाता, वे मिलने पर ताना मारते, "एक दिन काम पड़ा, उसमें ही माटसाब...फट गई।"

वह झल्लाकर जवाब देता, "यार, छोटी गाड़ी है, वो भी पुरानी...। अब सबके लिए इसे रेलगाड़ी तो नहीं बना सकता। मेरे पास कोई जादू है क्या...?"

बहुत से परिचितों ने तो इसी कारण उससे बोलना तक छोड़ दिया।

वह मन-ही-मन कुढ़ता, 'हद हो गई यार, सबको हगने-मूतने के लिए भी मोटरसाइकिल चाहिए। पैदल तो कोई चलना ही नहीं चाहता। एक दिन की बात हो, तो कोई बात नहीं...। पर रोज़-रोज़...।'

उसकी खोपड़ी भाँय-भाँय करने लगती। छुट्टी के दिन या काम पड़ने पर जब वह अपने छोटे भाई या घर पर आए बड़े बेटे से किसी रिश्तेदारी में जाने को कहता, तो उनका जवाब सुनकर उसका माथा और भन्ना जाता।

वे टका-सा जवाब देते, "ये भी कोई गाड़ी है? हमें तो सुजुकी पर बैठते हुए शर्म आती है।"

"कभी ख़ुद कमाओगे, तब पता चलेगा! पैसे कोई पेड़ों पर नहीं लटके हैं।" वह झल्लाकर कहता।

"तो मेहनत करके पहले ही बड़ा अफ़सर बनना था। किसने रोका था? अब बच्चों को क्यों डाँटते हो...!!" पत्नी बीच में बोलकर दर्द बढ़ा देती।

वह क्या-क्या करेगा आख़िर...?

एक दिन पत्नी ने कहा, "घर में सिर्फ़ एक मोबाइल है, उसे भी आप अपने साथ ले जाते हैं! यहाँ कोई अचानक काम पड़ जाए, तो इधर-उधर से माँगना पड़ता है। वो भी कब तक चलेगा...? बबलू भी आख़िर जवान हो गया है, उसे भी चाहिए और एक यहाँ घर पर...।"

उसने धैर्य से सब सुना। अब ये एक नई बीमारी पैदा हो चुकी है। ख़र्चे-पर-ख़र्चे...। उसने पत्नी को तरेरा, "एक मोबाइल का ख़र्च तो सध नहीं पा रहा है। अब बच्चों को क्यों कुटेव लगाती हो...।"

"क्यों...? इसमें कुटेव कैसी...? आजकल तो बेलदारों के पास भी मोबाइल हैं।"

"तो क्या...?"

"बबलू के सभी दोस्तों के पास हैं। कॉलेज में साथी खिल्ली उड़ाते हैं उसकी। आपसे तो कह नहीं पाता। मैं तो माँ हूँ ना...। आप क्या समझो। दूर शहर में रहता है, तो हफ़्ते-पन्द्रह दिन में बात करने का जी चाहता है। बिना मोबाइल के आजकल...।"

"अरे, उसकी पढ़ाई डिस्टर्ब होगी! समझा कर। छोटा हॉस्टल में है, वरना उसके लिए भी ज़िद करती तू...।'' वह पत्नी को टालना चाहता है। मगर पत्नी मोबाइल के गुणों का बखान छोड़ना नहीं चाहती। वह उकताकर बाड़े में आ गया। दो भैंस और एक पाड़ा तीन साल का था। उसने भैंसों के पास जाकर उनके खनौटे देखे। दोनों में सानी थी। प्रसंग बदलने की तरक़ीब सोचकर उसने पत्नी को हाँक लगाई, "अरे, सुनती हो...? भैंस की सानी तो...।"

वह पत्नी की चुप्पी पर झल्ला गया। भैंसों पर मोबाइल का भारी पड़ना उसे कचोट रहा था, "भैंसों के खनौटे तो ख़ाली हैं।" उसने खीज में चीख़ते हुए कहा।

पत्नी तमककर घर से बाहर आई। बाड़े में आकर भैंसों के खनौटों में झाँका। सानी थी। पत्नी उसे घूरकर बोली, "आज भैंसों की सुध कैसे आ गई...?"

"क्यों...? मैं क्या इनका दुश्मन हूँ...?"

"वो मैंने कब कहा...? मगर तभी तक याद हैं भैंस, जब तक पाँच-छह बार चाय मिलती रहेगी। पीने के लिए निपनियाँ दूध मिलता रहेगा। खाने के लिए मोटी थर (मलाई) और न्यौणी घी मिलता रहेगा। बस्स...।"

"अच्छा...?"

"और नहीं तो...! क्या तुम्हें पता है, हमारी छोटी वाली भैंस कब तक ब्याएगी...?"

उसकी बोलती बन्द! उसे तो ये भी पता नहीं कि कौन-सी भैंस कब 'ग्याभन' हुई? भैंसों के झुंड में अगर दोनों भैंस मिल जाएँ, तो वह अपनी भैंसों को पहचान नहीं सकता। आज तक सानी नहीं दी। चारा नहीं डाला। पानी तक नहीं पिलाया।

पत्नी और बिटिया की व्यस्तता या अन्य अनेक वजह से जब कभी काम ऐसा पड़ता भी तो वह साफ़ मना कर देता, "मुझसे नहीं होगा। तुम जानो, तुम्हारी भैंस जाने।"

शाम होने को थी। मोबाइल प्रसंग उसने इसी नोक-झोंक के तले दबा दिया। बिजली कई बार आकर जा चुकी थी। आज मैच था। वह टी.वी. पर मैच देखना चाहता था। उसने बीड़ी सुलगाकर ढेर-सा धुआँ उगला। पत्नी अन्दर-ही-अन्दर रस्सी की तरह अब भी तनी हुई थी। घर आकर उसने रेडियो ऑन किया। सेल नहीं थे। रेडियो घर्र-घर्र कर बैठ गया। वह बिजली का इन्तज़ार करता हुआ बोला, "एक कप चाय हो जाए। तब तक शायद लाइट भी आ जाए, फिर मैच देखते हैं।"

"भाड़ में गया मैच। चूल्हे में गई चाय। सुबह से छह बार तो पी चुके हो। बैठे-ठाले को यही एक काम बचा है। हमें तो 'साईं बाबा' भी नहीं देखने देते!" पत्नी का ग़ुस्सा चूल्हे में भक्क से भभक उठा था। वह जानता है, कुछ देर रहेगा, फिर चाय भी मिलेगी। उसने लैंप जलाया। लाइट को नहीं आना था। अक्सर ऐसा ही होता है। टेबल पर रखा सुबह का अख़बार उठाकर फिर से अपना राशिफल पढ़ा। लिखा था—'शुभ समाचार मिलेंगे। नौकरी वालों की पदोन्नति हो सकती है। प्रेम सम्बन्धों में प्रगाढ़ता आएगी। शुभ अंक आठ। शुभ रंग काला।' उसने ग़ुस्से में अख़बार चिन्दी-चिन्दी कर डाला, "झूठ की भी हद होती है।" वह बड़बड़ाया। कुछ देर से बजते मोबाइल पर उसका ध्यान

अब गया था। स्क्रीन पर नम्बर देखे। साले साहब थे।

"तुम्हारे भैया का फ़ोन...!" उसने आँगन में चूल्हे के पास बैठी पत्नी को मोबाइल पकड़ाया। पत्नी धुएँ से परेशान बड़बड़ाई, "कब से गैस के लिए चिल्ला रही हूँ, लेकिन मेरी सुनता कौन है।" फिर वह बड़बड़ाती हुई फ़ोन लेकर एक तरफ़ खड़ी होकर अपने भैया से बातों में व्यस्त हो गई। उसने आँगन में एक कुर्सी खींचकर उस पर बैठते हुए पत्नी को सुनाया, "बैट्री लो है। कम बात करना।" पत्नी ने सुना, तो उसकी तरफ़ घूमकर आँखें तरेरी और बात ख़त्म कर भँभाई, "दोस्तों से घंटों झक मारते रहते हो! मैंने भैया से दो मिनट बातें की, तो इनकी बैट्री लो हो गई...? सब समझती हूँ मैं!" पत्नी ने भन्न से मोबाइल पास रखी चारपाई पर फेंक दिया।

फिर चाय छानकर एक कप सौंपते हुए अफ़सोस भरे स्वर में बोली, "मोबाइल तो सभी के पास होना ज़रूरी है। काश, अब जैसी बुद्धि पहले होती, तो मैं कहीं नौकरी कर रही होती। तब घूमते आप मेरे आगे-पीछे दुम हिलाते। किसी के आसरुत (आश्रित) तो नहीं रहती।"

वह बोलते-बोलते रुक गया। वह जानता है कि अब ऐसे नाज़ुक मौक़े पर चुप रहना बेहतर है। मगर मोबाइल उस रात सभी की बातों में रोटी में नमक की तरह शामिल रहा।

सुबह वह स्कूल जाने की तैयारी में जुटा हुआ था। खाना खाकर उसने कपड़े पहने। सुजुकी बाहर निकाली। बग़ल वाले स्टैंड पर गाड़ी खड़ी करते समय उसने सुना।

"कोई भैंस-पाड़ा बिकाऊ है क्या...?" कसाई थे। हर दस-पन्द्रह दिन में शहर से आकर गाँव की गली-गली में इसी तरह हाँक लगाकर पाड़े और बूढ़ी बेकाम हो चुकी भैंस ख़रीदते हैं। उसने अपनी पुरानी सुजुकी पर कपड़ा मारकर जैसे ही सिर ऊपर किया, वे उसके ऐन क़रीब आकर पूछते हैं, "कोई पाड़े है भाई साहब...?"

“है तो सही।”

“बिकाऊ है...?”

“हाँ, वो रहा।” उसने बाड़े में बँधे हुए पाड़े की तरफ़ उँगली उठाकर बताया। एक नौजवान लड़के ने बाड़े में घुसकर पाड़े को देखा-परखा। आँखों-ही-आँखों में तौला। फिर पास आकर पूछा, “क़ीमत...?”

“पाँच हज़ार।” उसने सुजुकी की मरम्मत में लगने वाली लागत का हिसाब मन-ही-मन लगाकर बताया।

“ये तो ज़्यादा हैं। देना हो, तो वाजिब दाम बताओ।”

“दाम तो माल के माँग रहा हूँ। पूरे तीन साल का है। मस्त है।” कहकर उसने घड़ी देखी। स्कूल निकलने का वक़्त हो चला था। पौन घंटा रास्ता खा जाएगा। उसने पत्नी को ज़ोर से आवाज़ लगाई। पत्नी ने बाहर आकर पूछा, “अब क्या है...? मेरा तो चूल्हा जल रहा है।”

“ये अपना पाड़ा ले रहे हैं।” उसने मोटरसाइकिल पर बैठते हुए बताया।

“तो...दे दो ना!” पत्नी को जलते हुए चूल्हे की ज़्यादा चिन्ता थी।

“पाँच हज़ार बोल तो दिया।” उसने सुजुकी में किक लगाई और चलते-चलते पत्नी को हिदायत दी, “तुम सँभाल लेना। चार से कम में मत बेचना। मैं शाम को लौटूँगा। पैसे सँभालकर रखना।” सुज़ुकी भट-भट करती ढेर-सा धुआँ उगलती चल पड़ी थी।

वह आज मिस्त्री से बात करके आएगा—उसने सोच लिया था।

शाम को जब वह लौटा, तो पूरे तीन हज़ार में सुजुकी की मरम्मत की मिस्त्री से बात तय कर ली थी। अगले-पिछले दोनों शॉकर, चैन-चक्का, दोनों ब्रेक, ऑयल और सर्विस के अलावा छोटी-मोटी तमाम कमियों की तय पाई की थी। पहले चाय पिएगा। फिर पूछेगा। शेष पैसों का हिसाब भी उसे बिठाना था। पत्नी आई, तो उसने मुस्कराते हुए मन्द स्वर में कहा, “कड़क-सी एक चाय। सोंठ ज़रूर डालना, तुलसी के पत्ते भी।”

पत्नी बिना कुछ कहे रसोई में जा घुसी। थोड़ी देर बाद चाय आई। उसने गरमागरम एक घूँट चाय गटककर पूछा, "कितने में बिका...?"

"साढ़े तीन हज़ार में।"

"सस्ता बेच दिया यार!" उसने कप तिपाई पर रखते हुए अफ़सोस जताया। फिर मन-ही-मन पाँच सौ का गणित बैठाते हुए पूछा, "पैसे तो रखे हैं ना...?"

"..."

"मेरा मतलब है किसी को दिए तो नहीं...?"

"..."

"अरे, चुप क्यों है? कुछ तो बोल!" वह पत्नी को झिंझोड़ता हुआ ग़ुस्से से चीख़ा।

"वो...क्या है...कि...दो मोबाइल ले आया बबलू।" पत्नी ने उसके ग़ुस्से को नज़रअन्दाज़ कर धीमे स्वर में बताया।

वह हैरानी से पत्नी का चेहरा ताके जा रहा था।

"हच टू हच मुफ़्त काल है। आपका भी तो हच वाला है। एक बबलू के पास रहेगा, एक मेरे पास घर पर।" पत्नी आत्मविश्वास से कहे जा रही थी और वह एक उपभोक्ता और दर्शक की तरह देख-सुन रहा था। वह फनफनाता हुआ कमरे से बाहर निकला। सामने बाड़े में बबलू के नए मोबाइल में फ़िल्म 'नो एंट्री' के गाने की रिंगटोन बज रही थी। उसे विश्वास नहीं हुआ। वह एक विद्रूप हँसी हँसता हुआ बड़बड़ाया, "स्साला...कोई जादू है क्या...?"

अब घर में तीन मोबाइल हो गए थे। इसलिए घर के खर्च में लगभग एक हज़ार रुपये प्रति माह अतिरिक्त जुड़ने ही थे। जिसे देखो, वो कान से मोबाइल चिपकाए दिखता। पत्नी रोज़ ही स्कूल में उसे फ़ोन कर कोई-न-कोई फ़रमाइश कर ही देती। जेब का सूराख बड़ा होने लगा था। दीपावली भी नज़दीक थी। उसने सोच लिया था कि बोनस

के पैसों से वह सुजुकी की मरम्मत ज़रूर करवाएगा। इसके अलावा उसके पास कोई विकल्प नहीं था। वेतन तो कबूतरों के दानों की तरह हर बार जैसा बिखर जाता था। मगर पत्नी की गैस कनेक्शन की ज़िद उसे लगातार विचलित किए जा रही थी। स्कूल में उसके फ़ोन ज़्यादातर इसी बाबत आते।

"सुनो, गैस कनेक्शन का मालूम करके आना। इस बार ज़रूर लेना है।"

"देखो, घर की हालत और मिलने वाला वेतन तुम्हें मालूम है। फिर भी बार-बार दुनिया की देखा-देखी क्यों ज़िद करती हो? गाँव में ईंधन की कमी क्या है।" वह पत्नी को भरसक समझाता। मगर पत्नी इन सबको बहाने मानकर अपनी बात पर क़ायम रहती, "आजकल तो गाँव में सभी के पास कनेक्शन है। टैम-कुटैम काम आती है। मैं कब तक चूल्हा फूँकूँगी। धुएँ से दम घुटने लगता है।"

"बीस साल में तेरा दम नहीं घुटा...? अब भाई-बन्धु ले आए, तो होड़ करने लगी है।"

"तो, हम उनसे कम हैं क्या...?" पत्नी उसे निरुत्तर कर देती।

फिर भी उसने सोच लिया था कि वह इस बार पत्नी की नहीं चलने देगा। सुजुकी की मरम्मत ही उसकी पहली प्राथमिकता होगी। स्कूल से लौटता, तो तहसील बीच में थी। वहाँ वह घंटा-आधा घंटा चाय की किसी थड़ी पर बिताता। दो-तीन तरह के अखबारों का अक्षर-अक्षर चाट डालता। कभी मन हुआ, तो सौ-पचास ग्राम गरमागरम पकौड़े खाकर तृप्त होता। वहाँ उसे कोई घर तक चलने वाला हमराह ज़रूर मिल जाता। एक से भले दो। यही सोचकर वह किसी-न-किसी को अपने साथ बिठा लाता। आजकल मोटरसाइकिल लूटने वालों का ज़ोर भी ज़्यादा था। एक दिन शिवलाल मिला। पुराना साथी था। पहले दोनों ने चाय पी। फिर बातों का सिलसिला घर-गृहस्थी, बच्चों, नौकरी

और देश-दुनिया से होता हुआ सुजुकी पर आकर ठहर गया।

"अब तो छठा वेतन आयोग लागू हो गया यार! इस खटारा को फ़ौरन बदल डालो।"

"फ़िलहाल तो काम चला देती है। किसी दूसरी गाड़ी की ज़रूरत महसूस ही नहीं होती।"

"अरे यार, एरियर तो मिलेगा ही। अबकी धनतेरस पर ख़रीद डालो। एजेंसी वाला अपना जानकार है। फिर इस बार दीपावली पर डिस्काउंट ऑफ़र भी अच्छा है।"

"तुम समझो यार, मेरा हाथ तंग है इस वक़्त!"

"झूठ, एकदम झूठ! तुम्हारे पास कमी क्या है? सब भाई नौकरी करते हैं।"

"सब भाई मेरे लिए तो नौकरी नहीं करते! उनकी अपनी गृहस्थी है। ख़र्चे हैं।"

"गृहस्थी तो सभी की होती है। कौन बाबा जी बैठा है...?"

"वो तो है। मगर वाक़ई शिवलाल मेरे पास फ़िलहाल..."

"अरे भाई, क्या फ़िलहाल-फ़िलहाल की रट लगा रखी है। आसान किश्तों पर दिला दूँगा। चल उठ...।" शिवलाल उसे लगभग घसीटते हुए हीरो होंडा वाले की एजेंसी पर ले आया।

"लो...देख लो। रंग और डिज़ाइन पसन्द कर लो। पैसों की चिन्ता छोड़कर इत्मीनान से चूज करो।" शिवलाल एजेंसी मालिक की तरफ़ देखकर थोड़ा मुस्कराया। अलग-अलग रंग और डिज़ाइन की ढेरों चमचमाती मोटरसाइकिलें देखकर वह बौरा गया। उसने एक आसमानी रंग की गाड़ी की सीट और टंकी पर हसरत से हाथ फिराया। एजेंसी वाला तब तक चाय मँगवा चुका था।

"एकदम पानी पर तैरती है साहब! पेट का पानी तक नहीं हिलता।" एजेंसी मालिक ने चाय का कप उसे पकड़ाकर कहा, "और पेट्रोल तो

बस सूँघती है। सुपर माइलेज है। आपकी सुजुकी जितना एक सप्ताह में पेट्रोल ख़र्च करती है, उतने पेट्रोल से तो ये महीना भर चलेगी।"

"हाँ, बात तो सही है आपकी। मेरा भी मन करता है कि चमचमाती बाइक हो। मगर बात तो पैसों की है भाई।" उसने चाय का ख़ाली कप दूर सड़क पर उछालकर अफ़सोस से कहा।

"पैसों की बात हम पर छोड़ दो आप। किश्तें आप अपनी सुविधा से तय करना।'' एजेंसी वाले का सधा हुआ हाथ अब उसके कन्धे पर था।

"घर जाकर सोचता हूँ। गाड़ी तो लेनी ही है।" वह एक कुर्सी पर टिकते हुए बोला।

"इसमें सोचना क्या गुरु जी! आपकी ये खटारा तो पाँच-सात हज़ार में हम बिकवा देंगे। वो पैसे बतौर एडवांस जमा हो जाएँगे।" एजेंसी वाले ने विल्स सिगरेट का पैकेट उसके हाथ में थमाकर कहा।

उसने एक सिगरेट सुलगाई। दिन डूबने को था और घर अभी बारह-तेरह किलोमीटर दूर था। उसने शिवलाल से हाथ मिलाया, "अब चलता हूँ।" एजेंसी से निकलकर सड़क किनारे खड़ी अपनी गाड़ी पर बैठते हुए वह काफ़ी पस्त महसूस कर रहा था।

"ओ.के.। सोचना तुम...।" शिवलाल के साथ एजेंसी वाले ने भी विदा में हाथ हिलाया। उसने सुजुकी में किक लगाई। लगातार पाँच-छह किक लगाने के बाद गाड़ी स्टार्ट हुई।

घर पहुँचते-पहुँचते दिन पूरी तरह डूब चुका था। गाड़ी घर में एक तरफ़ खड़ी करके वह चारपाई पर बिना कपड़े बदले पसर गया। पता नहीं क्यों उसे आज इतनी पस्ती महसूस हो रही थी। एक अबूझ थकान से उसका पोर-पोर कसक रहा था। पत्नी ने उसे इस तरह चारपाई पर पसरा हुआ देखा, तो चिन्तित स्वर में पूछा, "आ गए...?" ये उसके पूछने का रोज़मर्रा का तरीक़ा था।

वह रोज़ इस तरह के वाक्य पर ध्यान दिए बिना कहता था, "हाँ, आ गया।" मगर आज जाने क्यों उसके मुँह से निकला, "नहीं, अभी तो रास्ते में हूँ।" यह कहते वक़्त एक फीकी हँसी उसके होंठों पर आकर ठिठक गई थी।

"वाह! क्या मज़ाक़ है?" पत्नी भी तरंगित हो उठी, फिर ये बिस्तर पर कौन है?"

"ये सिर्फ़ देह है।"

"अब आत्मा कहाँ छोड़ आए भगवान्...?"

"वो किसी शोरूम में नई मोटरसाइकिल की सीट के नीचे दुबकी होगी बाला।"

पत्नी को झटका-सा लगा, "...क्या? नई मोटरसाइकिल...???"

"हाँ, बोलें..."

"नहीं-नहीं...वो बेला (बेटी) की शादी के बाद सोचना। तब तक इसी से..."

"मैं तो तेरे दिल की थाह ले रहा था। वरना इतना तो मैं भी जानता हूँ कि कौन-सा काम पहले करना है और कौन-सा बाद में करना है।"

"मेरा दिल तो समन्दर है, पर करूँ क्या...? आपकी तनख़्वाह तीस-चालीस हज़ार होती, तब देखते आप...।"

"तब क्या होता?"

"ये तुम्हारे छोटे-बड़े भाइयों की लुगाइयाँ ऐंठी-ऐंठी घूमती हैं ना, इनकी सब ठसक निकाल देती।"

"तू भी क्या राग छेड़ बैठी।" उसने पत्नी का हाथ पकड़कर कहा।

"हाथ छोड़ो।" पत्नी कसमसाई, "हर वक़्त तुम्हें बदमाशी सूझती है। टैम-कुटैम देख लिया करो।"

"अरे काय का टैम।" उसने अपनी पकड़ मज़बूत कर पत्नी को

अपनी ओर खींचने का प्रयास किया। पत्नी तमककर खड़ी हो गई।

"बच्चे बड़े हो गए हैं और आज तो मेरा व्रत भी है। बाहर चूल्हा अलग जल रहा है। इसलिए आज तो सब्र कर आराम करो।" पत्नी अपने आपको छुड़ाकर कमरे के दरवाज़े पर पहुँचकर ज़ोर से खिलखिलाई। फिर बाद में झाँककर प्यार से पूछा, "चाय लाऊँ...?"

"थोड़ी देर बाद लाना। शरीर में टूटन-सी हो रही है।" उसने अपने शरीर को इधर-उधर ऐंठकर बताया।

"क्यों...? स्कूल में क्या फावड़े चलाने पड़ते हैं?"

"फावड़ा चलाना नहीं अखरता। नौकरी के अपने अलग क़िस्म के टेंशन होते हैं।"

"क्या ख़ाक टेंशन हैं...! सारा दिन कुर्सी तोड़ते रहते हो। यहाँ मैं तो एलर्जी और अस्थमा से जूझते हुए सुबह चार बजे से रात बारह बजे तक चकरी की तरह घूमती रहती हूँ। आपका तो तिनके के बराबर भी सहारा नहीं है। गैस सिलेंडर तक नहीं ला पाए। गोबर, पानी, भैंस, खेत, चारा, बर्तन, खाना और ऊपर से आपकी 'ये लाओ-वो लाओ' की रट।"

पत्नी ने दरवाज़े पर खड़ी होकर अपनी व्यथा कह डाली।

"इस बार तुम्हारा इलाज ज़रूर करवाऊँगा।"

"हो गया जी...! बीस साल से देख रही हूँ।"

"विश्वास करो।"

"कर तो रही हूँ, अब तो मरघट में जाकर होगा।"

"नहीं, ऐसी बात नहीं है। एरियर मिलने दो बस...।"

"एरियर में क्या दुनिया ख़रीद लोगे। गैस कनेक्शन तो ले नहीं पाए।" "बस, एक ही रट...! पागल...!"

"हुँह...!" पत्नी मुँह चिढ़ाती हुई रसोई में जा घुसी।

वह जानती है कि कुछ भी नहीं होगा और वह भी जानता है कि वह कुछ नहीं कर पाएगा। रुपये हाथ में आते ही उसकी प्राथमिकताओं

में पत्नी का इलाज कहीं नहीं होगा। हर बार ऐसा ही होता है।

पत्नी चाय लेकर आई। वह बैठा-बैठा अपने आपमें डूबा हुआ था। उसकी सोच का कोई अन्त नहीं था। एक कप उसे थमाकर पत्नी एक कुर्सी पर उसके सामने बैठते हुए बोली, "एक बात बोलूँ...?"

"बको..!" उसने अपने ही सोच में डूबे-डूबे कप होंठों से लगाकर यूँ ही बोल दिया था।

"मेरा बोलना अब बकना हो गया?" पत्नी तुनक उठी।

उसे पता था कि ऐसा हो सकता है। अतः वह चुप लगा गया।

"ख़ुद क्या फूल बरसाते हो...?"

"अरे, ख़्वाहमख़्वाह नाराज़ हो गईं तुम! मुँह से निकल गया...।"

"एक दिन की बात नहीं है ये। आप हमेशा मुझे...।"

उसने महसूस किया कि पत्नी का स्वर तरल होने लगा है। वह जानता है कि एक बार तुनकी, तो देर तक मुँह फुलाए रहेगी। इसलिए उसने अपने स्वर को भरपूर मुलायम बनाकर प्यार से नज़र मिलाते हुए कहा, "बोलो...!"

पत्नी अब भी चुप रही। दोनों के मध्य थोड़ी देर सन्नाटा छाया रहा। पत्नी कुछ-कुछ सामान्य होते हुए धीमे स्वर में बोली, "हम छोटी वाली भैंस बेला को दे देंगे।"

"शादी के वक़्त देख लेंगे!"

"देखना क्या...सभी देते हैं गाँवों में।"

"देते हैं, मालूम है। पर...।"

"पर...?"

"पर हम वैसे उसे बेचें, तो कितने की होगी...?" उसने पत्नी की टोह ली।

"कम-से-कम तीस हज़ार तो समझो ही।" पत्नी ने ठसक से बताया।

"हूँ...अगर तीस हज़ार हम उसको...दे दें, तो हमारे ऊपर चलने वाला ब्याज तो बन्द हो जाएगा।"

उसकी बात सुनकर पत्नी एकदम चौंकी, "नहीं-नहीं, वो आप कैसे भी चुकाना। भैंस बेचने नहीं दूँगी। मैं तो तीन-चार साल से दिन-रात इन्हीं पर बैठी हूँ। कभी सँभाला है आपने?"

"अकेले वेतन से क्या-क्या करूँगा...?"

"मैं नहीं जानती, मगर भैंस बेचने की बात फिर कभी मत करना।" अब पत्नी बहस पर उतर आई थी।

गुस्सा उसे पत्नी की ज़िद पर भी आ रहा था। मगर दोनों की बहस तनते-तनते रह गई। बीच में बिटिया (बेला) की आवाज़ ने दख़ल देकर दोनों का ध्यान भंग कर दिया था, "मम्मी!"

"क्या है...?" पत्नी वहीं से झल्लाई।

"बा, बहू और बेबी शुरू हो चुका है।" बिटिया ने बताया।

"अरे बाप रे...! कितना निकल गया?" पत्नी सब कुछ भूलकर टी.वी. वाले कमरे की तरफ़ लपकी।

"मेरा खाना...?" उसकी झल्लाई आवाज़ ने पत्नी का पीछा किया।

"सब पीछे...तब तक आप कुछ पढ़ लो...!" टी.वी. वाले कमरे में घुसते हुए पत्नी ने उसकी आवाज़ को परे धकेला।

वह अब अपने सोने वाले कमरे में अकेला था। सोच फिर दिमाग़ पर हावी होने लगी थी। वह थोड़ी देर यूँ ही सोचता रहा। फिर उठकर कपड़े बदले और अज्ञेय के उपन्यास 'नदी के द्वीप' के एक द्वीप पर जाकर इत्मीनान से बैठकर अक्षरों की भीड़ में गुम हो गया।

धनतेरस और दीपावली निकल चुकी थी। बोनस और छठे वेतन आयोग। एरियर भी हज़म हो चुका था। मगर सुजुकी के दोनों शॉकर और चैन-चक्का अब भी खचड़-खचड़ कर रहे थे। वेतन, एरियर, बोनस

जिस जादुई शक्ति के बल पर जेब से निकलकर बाज़ार पहुँचे, उसका तोड़ लाख कोशिश करने पर भी वह नहीं निकाल पाया। सुजुकी की मरम्मत, पत्नी का इलाज और दोस्त शिवलाल की नई मोटरसाइकिल ख़रीदवाने की ज़िद बच्चों की पढ़ाई, महँगाई से पस्त घर-ख़र्च और न जाने क्या-क्या...के आगे नहीं टिकी।

आकस्मिक घर-ख़र्च सारा बजट गड़बड़ा देता। अब रोटियाँ चूल्हे के बजाय गैस की आँच पर सिंकने लगी थीं। पत्नी की ज़िद पर गैस कनेक्शन न चाहते हुए भी लाख तंगी के बावजूद उसे लेना ही पड़ा। वह पहले की तरह ही सुजुकी को घसीटते-घसीटते स्कूल पहुँचता और सुजुकी उसे भट-भट की आवाज़ से लतियाती सही-सलामत शाम को घर पहुँचा देती। टी.वी. पर धारावाहिक और विज्ञापन देख-देख कर पत्नी की चाल, बोली, उठने-बैठने का तरीक़ा और कपड़ों को लेकर नज़रिया बदल गया था। वह पहले के बनिस्बत ज़्यादा धार्मिक हो चली थी।

ऐसे ही वक़्त के साथ-साथ सुजुकी का पहिया घूमता रहा, घूमता रहा।

छोटी भैंस को ब्याए सप्ताह भर हो चला था और यह नवम्बर का आख़िरी रविवार था। वह खाना खाकर धूप का आनन्द लेने बाड़े में चारपाई पर इत्मीनान से लेटा हुआ था। रविवार की छुट्टी का आनन्द वह बिना नहाए अक्सर ही लेता है। पत्नी सद्य:प्रसूता छोटी भैंस के लिए खेतों से हरी दूब लाने की तैयारी में थी। भैंसों को पानी और सानी देने की ज़िम्मेदारी बेला को निभानी थी। वह तो पहले ही मना कर चुका था कि मैं दिन भर इसी तरह सोऊँगा। चाय के लिए दूध रख लेना। एक तीन बजे और दूसरी पाँच-छह बजे के आसपास मिल जानी चाहिए। भैंसों और खेतों का काम तुम जानो या बेला! पत्नी ने दूब लेने जाते वक़्त सुना। पल भर ठिठकी। फिर बड़बड़ाते हुए बोली, "सोने के सिवा ज़िन्दगी में अब तक कुछ किया भी है?"

वह पत्नी का ताना समझकर झेंप गया।

"आप जैसे इसी गाँव में बीसोड़ी नौकरी कर रहे हैं। सब खेती-बारी और ढोर-डंगरों का काम करते हैं।" कहती हुई पत्नी खेतों की ओर जाने वाले रास्ते की तरफ़ मुड़ गई थी। वह पत्नी की ओर एक निकम्मी हँसी फेंकने के सिवा कुछ भी कहने की हिम्मत नहीं जुटा पाया। वह मन-ही-मन बड़बड़ाता-खदबदाता शॉल ओढ़कर सोने का उपक्रम करने लगा। उसे लेटे हुए ठीक से घंटा भर भी नहीं हुआ था कि मोटरसाइकिल की आवाज़ सुनकर वह हड़बड़ा गया। नींद में ख़लल पड़ने की खीज उसके चेहरे पर साफ़ झलक रही थी। सिर भारी-भारी-सा महसूस होने लगा। चेहरे से शॉल हटाकर लेटे-लेटे ही देखा। उसका दूर का एक फ़ौजी रिश्तेदार था। वह चारपाई से खड़ा हुआ। राम-श्याम कर हाथ मिलाया। दोनों अब चारपाई पर बैठ चुके थे।

"छुट्टी पर हो?" उसने पूछा।

"हाँ, दो महीने की छुट्टी पर आया था।"

"कब आए...?"

"बस्स...छुट्टी पूरी होने को है। कल जाऊँगा।"

"किस जगह पर हो?"

"लेह में...।"

"वहाँ तो ठंड और बर्फ़ खूब होगी।"

"पूछो मत...।"

"घर पर सब ठीक है...?"

"सब कुशल है। आप सुणाओ!"

"हो रहा है टैम पास। चल ही रही है मास्टरी।"

"मास्टरों के तो मज़े हैं। छाछ-राबड़ी में नौकरी पका लेते हैं।"

"अरे, गया वो ज़माना। अब तो बहुत टेंशन है। ये बताओ, आज रास्ता कैसे भटक गए...?"

"एक काम से आया हूँ। वो क्या है कि...।"

"एक मिनट...एक मिनट...।" उसने फ़ौजी को बीच में रोका, "मैं ज़रा बिटिया को चाय के लिए बोल देता हूँ। दूध रखा है।'' उसने वहीं से आवाज़ लगाकर चाय के लिए कहा।

"कोई मेहमान आया है।" जानकर उसके दोनों चाचा और ताऊ के लड़के भी अब तक आ चुके थे। समाचारों का लेन-देन उनके आने पर एक बार फिर दोहराया गया। वह इस बीच घर से तीन-चार प्लास्टिक वाली कुर्सियाँ ले आया था।

"अब बोलो...?" एक कुर्सी पर बैठते हुए उसने फ़ौजी से पूछा।

"एक भैंस लेनी है।" फ़ौजी ने आने का मक़सद बताया।

"कैसी भैंस चाहिए?" साथ लाए हुए हुक्के को गुड़गुड़ाकर उसके चाचा ने फ़ौजी से पूछा।

"अभी की ब्याई हो। सीधी-सादी, ठीक-ठाक दूध देने वाली हो।"

"फिर तो मास्टर की ये वाली भैंस ठीक रहेगी। अभी की ब्याई है और सीधी-सादी इतनी है कि पूँछ तक नहीं हिलाती।" उसके चाचा ने छोटी भैंस की तरफ़ इशारा कर बताया।

फ़ौजी ने खड़े हो छोटी भैंस के पास जाकर उसका मुआयना किया। पीठ पर हाथ फिराया और पूछा, "दूध कितना है?"

"इसकी माँ ने तो बारह लीटर तक दिया था। अच्छे खाते (नस्ल) की है। पहलौरी ब्याई है। सो दस लीटर से कम तो क्या होगा!" उसके चाचा ने गारंटी दी।

"क़ीमत...?"

"क़ीमत तो मास्टर बताएगा। वैसे भैंसों पर महँगाई ज़रूर है इस वक़्त।" उसके चाचा ने क़ीमत वाली बात मास्टर की तरफ़ उछाल दी थी। वह इस बीच मौन ही रहा। अब उसे बोलना ज़रूरी था।

"यार, मास्टरनी को आने दो। वह तय करेगी कि भैंस बेचनी है या नहीं! मुझे इस झंझट से दूर ही रहने दो।" उसने फ़ौजी से कहकर अपनी मजबूरी बताई।

फ़ौजी के दिमाग़ में भैंस जम चुकी थी। उसने सोच लिया था कि इधर-उधर डोलने के बजाय ये भैंस ठीक रहेगी। रिश्तेदारी का मामला है, इसलिए क़ीमत में भी सुभीता रहेगा।

"मास्टरनी क्या करेगी...? घर के राजा तो आप हो।" फ़ौजी ने मस्का लगाया।

"परन्तु भैंस की मालकिन तो वही है। दूब लेने गई है। आती ही होगी। मेरे क़ीमत बताने से होगा भी क्या।" उसने टालने की भरसक कोशिश की।

"वो जाने कब तक आए? बेचनी तो है ही। इसलिए किसी और के बजाय रिश्तेदार ही ठीक है। दूध पिएगा, तो दुआ भी देगा। दाम भी देगा। इस महँगाई में दो भैंसें नेठना बहुत कसाले का काम है।" उसके ताऊ के लड़के ने उसे समझाया।

वह फँस चुका था। उसने बेबस स्वर में फ़ौजी से कहा, "तुम शाम को यहीं रुक जाओ। तब तक मास्टरनी भी यहीं होगी। उससे पूछ लेना अगर बेचनी है, तो दूध अपने हाथ से काढ़कर देख लेना। तुम्हें तसल्ली रहेगी।"

"माटसाब, मेरे पास टैम कहाँ है। शाम से पहले तो घर-गाँव पहुँचना है। कल सवेरे ही नौकरी पर जाना है। मैं आज ख़रीद जाऊँगा, तो ठीक है, वरना कौन मेरे पीछे भैंस ढूँढ़ता फिरेगा। पिताजी को आप सबने देख ही रखा है। कहीं आते-जाते नहीं। बच्चे बिना दूध के पिछले तीन महीने से भुगत रहे हैं। मैं ख़ुद अपनी सारी छुट्टी इसी चक्कर में बरबाद कर चुका हूँ। फ़ौजी ने एक ही साँस में अपनी रामकथा सुनाकर उम्मीद से उसकी तरफ़ देखा।

फ़ौजी को आए एक घंटा होने को था। बीच-बीच में देश-दुनिया, नौकरी और बच्चों की चर्चा वे अपने तरीक़े से करते रहे। वह उलझन में ख़ुद को महसूस कर रहा था। समझ नहीं पा रहा था कि क्या करे? चाय बीच में वे पी चुके थे। हुक्का बदस्तूर चल रहा था, लेकिन उसे फ़ौजी के लिए सिगरेट मँगवाने का ध्यान अब आया था। उसने अपने एक चचेरे भाई को आवाज़ देकर बुलाया। उसे दस का नोट थमाकर कहा, "चार-पाँच सिगरेट ले आ। जल्दी जा। अन्दर टेबल पर चाबी रखी है, गाड़ी ले जा।"

बाज़ार थोड़ा दूर था। गाड़ी ले जाने की बात सुनकर फ़ौजी ने बीच में टोकते हुए कहा, "मेरी ले जा। वहाँ बैठक के पिछवाड़े खड़ी है।" फ़ौजी ने चाबी उसके चचेरे भाई को पकड़ाई।

"आपकी कौन-सी है?" उसके चचेरे भाई ने यूँ ही पूछा।

"स्प्लेंडर प्लस।" फ़ौजी ने शान से बताया।

"अभी ख़रीदी...?"

"ना...दो साल होने को है।"

"अच्छा-अच्छा...।" कहता हुआ उसका चचेरा भाई बैठक के पिछवाड़े पहुँचा। थोड़ी ही देर में वह सिगरेट लेकर वापस आ गया। गाड़ी उसने बाड़े में उन्हीं के पास लाकर खड़ी कर फ़ौजी को सिगरेट थमाकर कहा, "गाड़ी तो बिलकुल नई माफ़िक़ है!"

"सिंगल हैंड है। माँगने पर भी किसी को नहीं देता!"

"सही बात है। देखभाल ठीक हो, तो सभी चीज़ें दुरुस्त रहती हैं।" उसके चाचा ने फ़ौजी की बात पर ठप्पा लगाया।

"आपकी कौन-सी है?" फ़ौजी ने सिगरेट सुलगाकर मास्टर जी से पूछा।

"सुजुकी मैक्स हंड्रेड। आठ साल पहले ख़रीदी थी।" उसने फ़ौजी की गाड़ी को हसरत भरी चोर निगाह से निहारकर कहा।

बातों के दरम्यान अब कभी मोटरसाइकिलें, तो कभी भैंसें, कभी फ़सल, मौसम, पानी; तो कभी आने वाले चुनाव भी आवाजाही कर रहे थे। कभी-कभी लेह की बर्फ़, रम की बोतलें भी ठंडा-गरम करती रहीं। मगर फ़ौजी बेचैनी से पहलू बदलता रहा।

उकताकर फ़ौजी बोला, "भाई साहब, अब क़ीमत बता दो। बेचना और ख़रीदना तो अपन के हाथ की बात है। मैं लेट हो रहा हूँ।"

मगर वह क़ीमत बताए कैसे...? उसे तो ठीक से ये भी पता नहीं है कि भैंस बिकाऊ है या नहीं...? मास्टरनी की पिछली बात उसे अब भी याद है। कुछ देर सभी के बीच अबोला पसरा रहा। सभी को इस तरह चुप देख उसके चाचा ने सन्नाटा भाँपकर कहा, "एक बात मैं भी कहूँ...?"

"कहो।"

"न मैं फ़ौजी की कहूँगा, न मास्टर की...। दोनों धणियों को जँचे, तो सौदा करना; वरना हमारी बात हमारी जेब में...।"

सभी उत्सुक हुए। वह कुछ कहने की स्थिति में नहीं रहा।

"सुनो!" उसके चाचा की आवाज़ सुनकर सभी ने उनके मुँह की तरफ़ ताकना शुरू कर दिया, "मास्टर भैंस देगा और फ़ौजी मोटरसाइकिल! लो हो गया सौदा। जेबड़ा-में-जेबड़ा।" उसके चाचा ने फ़ैसला सुनाया।

"मंज़ूर है।" फ़ौजी ने हँसकर तपाक से कहा, "अब चाचा की बात भला मैं कैसे पीट सकता हूँ। वैसे घाटे का सौदा नहीं है माटसाब। मेरी गाड़ी भी दन्न है। दो साल में सिर्फ़ आठ हज़ार किलोमीटर चली है।" फ़ौजी ने उत्साह से बताया।

वह 'न-न' करते हुए सौदा कर बैठा। ये जानते हुए भी कि यह सौदा उसके लिए आग का एक दरिया है और बिना दरिया में डूबे उससे पार जाना मुश्किल है। उसे तो पतंगे की तरह ख़ाक होना ही है।

चाहे राज़ी-ख़ुशी हो या ग़ैर-राज़ी। वह शहीद हो चुका था कि दबाव में कर दिया गया था—इस बात से कोई फ़र्क़ नहीं पड़ता। भैंस अब बिक चुकी थी।

फ़ौजी ने उसे चाबी थमाकर कहा, "काग़ज़ों की चिन्ता मत करना। एक-दो दिन में आपके पास आ जाएँगे।" उसने संज्ञाशून्य अवस्था में फ़ौजी की तरफ़ कातर दृष्टि से देखा। एक गहरा अपराधबोध उसके अवचेतन में जम चुका था।

किसान बुग्गा में लदकर छोटी भैंस और उसकी नन्ही-सी पाड़ी जा चुकी थी। दोनों चाचा और ताऊ के लड़के भी जा चुके थे। अब वह बाड़े में अकेला था। दिन के तीसरे पहर मास्टरनी दूब की मोट लेकर बाड़े में घुसी। मोट को छप्पर के आगे पटककर अपने आपसे बोली, "ये भी कोई ज़िन्दगी है। बैय्यरवानी का तो जन्म ही बुरा। मार काम के दो घड़ी चैन नहीं।

उसने सुना, मगर चुप रहा। अभी तक मास्टरनी का ध्यान छोटी भैंस के खूँटे की तरफ़ नहीं गया था। उसने पास जाकर बड़ी भैंस की पीठ पर स्नेह से हाथ फेरा, फिर निगाहें छोटी भैंस के खूँटे की तरफ़ अपने आप जा अटकीं। व्यग्र होकर इधर-उधर देखा। स्प्लेंडर प्लस सुनहरी धूप में चमचमा रही थी।

मास्टरनी ने सोचा, 'किसी की होगी। छुट्टी के दिन मिलने कोई-न-कोई आता ही रहता है, लेकिन छोटी भैंस और नन्ही पाड़ी...?'

"छोटी कहाँ गई...?" मास्टरनी ने ऐन उसके सिरहाने आकर पूछा, "कहीं साँकल तो नहीं तुड़ा गई...!" उसका स्वर आशंकित हो चला था, मगर वह अब भी चुप था। मास्टरनी ने उसे चुप देखकर बेला को आवाज़ लगाई, "बेला...?"

बेला घर का काम छोड़कर बाड़े की ओर लपकी। मास्टरनी ने बेला को देखते ही बेसब्र आवाज़ में पूछा, "अपनी छोटी कहाँ गई...?"

बेला ने पल भर सोचा। फिर निरीह नज़रों से अपने पापा की ओर देखा। बाड़े के दरवाज़े से स्प्लेंडर प्लस की ओर उँगली से इशारा कर कातर स्वर में बताया, "वोऽऽऽ रही...!"

मास्टरनी की निगाह फिर मोटरसाइकिल की तरफ़ मुड़ी। उसकी छाती में सेल-सा चुभा। पैरों का सारा सत्त्व जैसे किसी ने चूस डाला हो। वह दोनों हाथों से सिर पकड़कर धम्म से दूब की मोट पर जैसे-तैसे बैठी। आँखों से निकलकर दो बूँद आँसू दूब की मोट पर गिरे। बड़ी वाली भैंस छोटी के खूँटे की तरफ़ देख-देख कर अपने खूँटे के चारों ओर लगातार चक्कर लगाती हुई अब भी ज़ोर-ज़ोर से विलम्बित स्वर में रेंके जा रही थी।

पीपल के फूल

पेड़ उदासी और अवसाद में आकंठ डूबा था। उसकी शाखाएँ और पत्तियाँ बदरंग हो चली थीं। पत्तियों की शिराएँ पीली पड़ गई थीं। जड़ों ने ज़मीन के अन्दर अपनी पकड़ को ढीला करना शुरू कर दिया था।

—यह एक भयानक फ़ैसला था।

जो हरियल तोतों के एक झुंड ने एक शाम उसको समवेत स्वर में लगभग रोते हुए सुनाया था। उसके कोटरों में रहने वाली गिलहरियों ने बाहर निकलकर 'टिल्लऽऽऽ टिल्लऽऽ' की आवाज़ों से सामूहिक शोक मनाया। पीपल का वह पुराना जंगी पेड़ एक जीता-जागता इतिहास था। वह ख़ुद अपनी उम्र को लेकर हमेशा ही भ्रम में रहा।

वह शाम के अँधेरे में एक वृद्ध मोर से अपनी उम्र को लेकर कई सालों से बहस करता रहा है। मोर उससे बस इतना कहकर मौन साध लेता था कि उसकी कई पीढ़ियाँ उसकी शाख़ों पर ही बसेरा करते हुए मर-खप गई हैं, इसलिए वह उसकी उम्र का सही-सही आकलन करने में असमर्थ है। पीपल का वह पुराना पेड़ कई सौ वर्ग फुट के एरिया में फैला हुआ था। ठीक मेंड़ के बीचोबीच वह सनातन वृद्ध की तरह खड़ा न जाने कितने अकाल, सूखा और इस इलाक़े में आई बाढ़ों का प्रत्यक्षदर्शी रहा है।

कहना मुश्किल है कि इस बियाबान में उसे पहले-पहल किसने रोपा होगा...!

दरअसल एक करील के कुंज में बरसों पहले वह पैदा हुआ था। उसकी स्मृति में करील का वह कुंज अब भी एक धुँधलके की मानिंद ज़िन्दा है। लेकिन किसने वहाँ बियाबान में पीपल का एक नन्हा बीज डाला होगा, इसे कौन जाने, क्या पता उसकी शाखों पर बसेरा करने वाले कबूतर, तोते या मोर के किसी पूर्वज की भरी दुपहरी में की गई बीट से वह पैदा हुआ हो...या बंजारों का झुंड गोल (पीपल का फल) चबाते हुए इस बियाबान से बरसों पहले गुज़रा हो और यहाँ उन्होंने करील के कुंज की छाया में विश्राम करते हुए एक मसलकर डाल दी हो...!

लेकिन फिलहाल वह भंडारया परिवार की साझा विरासत है। भंडारया परिवार के छोटे-छोटे दो सौ आदमियों में से हर आदमी उसे अपनी-अपनी सम्पत्ति घोषित कर चुका था। हर आदमी दावा करता कि उसके दादा ने इस पेड़ को सावन की झमाझम झड़ियों के बीच ऐन सुबह के वक़्त लगाया होगा—वो भी किसी आनगाँव से लाकर।

मगर पीपल के पेड़ तथा उन पर बैठने वाले पक्षियों और कोटरों में रहने वाले नन्हे जीवों की राय भंडारया परिवार के किसी भी आदमी से मेल नहीं खाती। उन सबके अनुसार इन्सानों से बढ़कर और बदतर झूठा इस दुनिया में शायद ही कोई जीव हो...!

जिस शाम हरियल तोतों के उस झुंड ने पीपल के उस पुरखे सरीखे पेड़ को यह ख़बर दी कि उसके बारे में अन्तिम फ़ैसला हो चुका है और उसे सज़ा-ए-मौत की सज़ा सुना दी है, उस वक़्त वह अपनी एक शाख़ पर प्रणय लीला करते हुए कबूतर के एक जवान जोड़े को देख-देख कर मुदित हो रहा था। ख़बर की दहशत से उसकी तमाम शाखाएँ थरथरा उठीं। कबूतर का वह जवान जोड़ा गिरते-गिरते बचा। तब वह एक जर्जर वृद्ध की भाँति हिलकी मार-मार कर चुपचाप देर तक रोता रहा।

यह इलाक़ा जो अब आबाद है, पहले कभी बंजर और ऊसर क्षेत्र था। सदियों पहले आए भंडारया परिवार ने इसे अपनी मेहनत और लगन से आबाद किया। बंजर और ऊसर ज़मीन को भंडारया परिवार के पुरखों ने उपजाऊ ज़मीन में तब्दील किया। मीलों तक सुनसान और वृक्ष विहीन इस क्षेत्र में तब तक पीपल का एकमात्र पेड़ उस करील के कुंज में अपना बचपन पीछे छोड़ता हुआ रेख उठान पर था। छोटी-छोटी रियासतों की होने वाली लड़ाइयों का गवाह रहा है वह। अंग्रेज़ों की टुकड़ी और मराठों के बीच होने वाली मुठभेड़ों का साक्षी रह चुका वह कई शूरवीरों और गदर प्रेमियों को अपनी जवान होती छाया में ज़ख़्मी हालत में आराम करते हुए देख चुका है। भीषण लू और गरमियों में वह अपनी शीतल छाया में ठंडी बयार से उनके ज़ख़्मों को तसल्ली बख़्श चुका है।

उसकी स्मृति का ख़ज़ाना खुलने लगा था। सन् अठारह सौ सत्तावन का स्वाधीनता संग्राम और उसके बाद गांधी, नेहरू, सुभाष, भगत सिंह आदि द्वारा अपने-अपने तरीक़े से संचालित आज़ादी का आन्दोलन...। देश के बँटवारे से पूर्व और उसके कुछ दिन बाद तक चली भयंकर मारकाट...जलते घर...सड़ाँध मारती लाशें...उठता धुआँ और हृदय को तार-तार कर देने वाला हाहाकारी शोर...विलाप...न जाने क्या-क्या देख चुका है वह...।

जब वह बीज रूप में अपने किसी पुरखे की शाख़ पर लगी गोल में बन्द था तब उसने अभिमन्यु की तरह सुना था कि बहुत पहले शायद बहुत सदियों पहले उन्हीं के किसी स्वर्गीय वट-वृक्ष पुरखे की छाँव तले बुद्ध सुजाता की खीर खाकर तथागत हुए थे। तब से वह अपने पुरखों और अपने आप पर गर्व करता आया है। यह सुनकर तो गर्व से उसकी शाख़ें तन जाती थीं कि पीपल के पेड़ में देवता निवास करते हैं, वह आज तक बुद्ध की प्रतीक्षा करता आया है। उसकी एकमात्र तमन्ना थी कि वह ख़ुद जीते जी अपने वह वट-वृक्ष पुरखे का इतिहास ज़रूर दोहराएगा।

मगर बुद्ध के इस देश में खोखली बौद्धिक बहसें थीं। दंगे थे। हिंसा, लूटपाट तथा बलात्कार से भरी बुद्धि के लम्पट और विश्वासघाती खेल शेष रह गए थे। बुद्ध कहीं नहीं थे। किसी नव तथागत की आस में वह ऐसे नष्ट कर दिया जाएगा, उसको इस बात की क़तई उम्मीद नहीं थी। उसका नष्ट होना महज़ एक पेड़ का ख़त्म होना नहीं था बल्कि एक सपने का ऐतिहासिक अन्त था।

दूसरी तरफ़ उसे वे तमाम नए-नवेले जोड़े भी याद आए जो थकान और प्यार से पस्त उसकी ठंडी छाया में उसके तने से पीठ लगाए अपना पहला चुंबन लेते रहे थे।

“ये इस संसार की क्रूरतम ऐतिहासिक घटना सिद्ध होगी मेरे दोस्त...।” एक वृद्ध तोते ने उसकी कोमल शाखा से अपनी चोंच को खुन्नस में रगड़कर जब कहा तो वह किसी जर्जर बाँध की तरह टूट गया।

लगातार रोने से उसकी कोमल-चिकनी नई पत्तियों के पपोटे स्याह पड़ गए थे। उसने दिल को टूक-टूक करने वाली वेदना से भरकर रुँधे गले से कहा, “मेरा एक स्वप्न था कि मैं अपने उस वट-वृक्ष पुरखों का इतिहास दोहराऊँ जिसकी छाँव तले सिद्धार्थ तथागत हो गए थे। वरना इसके सिवा है भी क्या...? मौत का दिन तो हम...।” फिर यह कहते हुए उसकी ज़ुबान ही लटपटा गई थी, “हो सके तो मेरे इन नन्हे दोस्तों का ख़याल रखना और एक साथ किसी सुरक्षित पेड़ पर इनके घोंसले बनवा देना।”

हवा का एक उदास झोंका उसे देर तक सहलाता रहा। हवा, जो कई दिशाओं से आकर रोज़ उससे देस-परदेस के क़िस्से शाम को साझा किया करती थी, आज माँ की तरह उससे लिपट-लिपट कर करुण रुदन करते हुए साँय-साँय करने लगी थी। उसे अब भी याद है कि विगत में पड़ने वाले अकाल और सूखा भी उसकी पत्तियों को लाख कोशिश के बावजूद नहीं सुखा पाए थे। भयंकर-से-भयंकर बाढ़ उसकी मज़बूत और

चौतरफ़ा दूर-दूर तक फैली जड़ों को हिला तक नहीं सकी थी। रेगिस्तान की पीली आँधियाँ, तूफ़ान और बरसाती चक्रवात उसके कद्दावर एवं मज़बूत तने तथा मोटी-मोटी शाखों से टकरा-टकरा कर अपने-अपने अरमान निकाल चुके थे।

लेकिन...लेकिन...इस अदना से इनसान के एक वहशी फ़ैसले ने उसके सदियों से वहाँ होने पर ही प्रश्नचिह्न लगा दिया। जिस वक़्त हरियल तोतों के उस झुंड ने विलाप के स्वर में यह भी सुना कि कई मीटर तक ज़मीन के अन्दर धँसी उसकी जड़ों को भी मशीन द्वारा खोज-खोज कर निकाल दिया जाएगा तो प्रकृति के इस अनोखे साढ़े तीन हाथ ऊँचे जीव द्वारा किए गए हत्यारे मज़ाक़ पर उसे ज़ोरदार हँसी आई।

ऐसी बड़ी और दर्दनाक हँसी, जिसे सुनकर उसकी शाख़ों और कोटरों में दहशत में छुपे हुए जीवों के कलेजे चाक-चाक हो गए। कोई बीस किलोमीटर दूर महानगर के एक बड़े व्यापारी के शानदार लॉन में लगे एक नन्हे पीपल के पौधे ने उस दर्दनाक हँसी को अपनी रीढ़ में फ़ालिज़ की तरह महसूस किया और उसकी जड़ों पर जल चढ़ाती व्यापारी की जवान होती बेटी की तरफ़ हसरत भरी निगाहों से देखकर हवा के कान में वह सिर्फ़ इतना कह पाया, "ये इस सदी की सबसे दर्दनाक अन्तिम हँसी है। निश्चय ही हमारे किसी बुज़ुर्ग का आज अन्तिम दिन है।"

मगर उस वृद्ध पीपल की जड़ों में बनाए अपने बिलों में शोक-सन्तप्त दुबके चींटों ने हवा से जब ऐसा सुना तो सभी ने पीपल के उस पौधे की इस घोषणा को नकारते हुए एक स्वर में कहा, "राजधानी में किसी सेठ के लॉन में पैदा हुआ वह पीपल का पौधा अबोध है। जब तक पेड़ कटते रहेंगे। अन्तिम दर्दनाक महान हँसी का आना बाक़ी रहेगा।"

हर कोई उदास और ग़मगीन था। कौए, तोते, मोर तथा कई क़िस्म के पक्षी अपने पंखों में गर्दन धँसाए अनवरत रोए जा रहे थे। अपने छोटे-से घोंसले में नन्हे-नन्हे बच्चों को रोज़ नई-नई कहानी सुनाने वाली

गौरैया आज नवजातों को अपने पंखों से छुपाए शिथिल पड़ी हुई थी। सुबह से किसी के मुँह में एक दाना तक नहीं गया था। वृद्ध पीपल की उदास कोंपलों ने दिलासा देते हुए उसे अपने आगोश में छुपा लिया। माँ की तरह सहलाने वाली हवा ने दूर-दूर सन्देश भेज दिए थे। वृद्ध पीपल ने आसमान की ओर आँखें उठाकर देखा। वह महानगर को जाने वाले राष्ट्रीय राजमार्ग से महज़ सौ मीटर दूर था और महानगर वहाँ से केवल बीस किलोमीटर दूर। उसने अपनी नज़र महानगर को जाने वाले राष्ट्रीय राजमार्ग पर डाली। चिकनी-चौड़ी सड़क के दोनों ओर अजीब क़िस्म के रोज़ बनते कृषिफॉर्म और दूर-दूर तक फैले ईंट-भट्ठों की चिमनियों से निकलता काला धुआँ नज़र आया जो विशाल अजगर की तरह आसमान में रेंगता हुआ लग रहा था। किलोमीटर भर दूर उत्तर में वृक्ष विहीन पहाड़, फिर एक सूखा तालाब, नाला और तालाब की पाल पर खजूर के पेड़ों का क्षत-विक्षत झुरमुट तथा पास ही एक पुराना सूखा कुआँ था। पहली बार जब सड़क राष्ट्रीय राजमार्ग में तब्दील हुई थी तो भंडारया परिवार का विशाल भूचक दो फाँक हो गया था। वह महानगर के बढ़ते पेट का साक्षी रहा है। लेकिन तब उसे कहाँ पता था कि वक़्त के किसी मोड़ पर आकर यही बढ़ता पेट उसे तथा उसके नाम पर बसे गाँव पीपलपुरा को लील जाएगा...? राष्ट्रीय राजमार्ग के बाजू में लगे साइन बोर्ड पर 'पीपलपुरा' नाम लिखा होने के अलावा महानगर के बढ़ते पेट में समाए गाँव का भूगोल कहीं नहीं था।

इराक़, अफ़गानिस्तान, फिलिस्तीन तथा अन्य त्रस्त देशों की सरहदों को पार करती हुई हवा में जब उसे बारूद और इनसानी गोश्त की बू आती तो वह दहशत से थरथरा उठता था। कम्पित स्वर में वह हवा से पूछता, "इस दुनिया को आख़िर हो क्या गया है...?"

हवा उसे दुलराती हुई भविष्यद्रष्टा आँखों से बताती, "कुछ नहीं...दरअसल दुनिया बाज़ार की माया में गिरफ़्तार है। हो सकता है

वक़्त का तक़ाज़ा हो...।" वह सिहरन में उसकी लचीली शाख़ों को झूला-सा झुलाती हुई बड़बड़ाती, "मैं एक दिन साँस लेने के क़ाबिल नहीं रहूँगी।"

जिस वक़्त हवा अपनी रौ में बही जा रही थी, ठीक उसी वक़्त भंडारया परिवार की सबसे बूढ़ी औरत ने अपने कई अंग्रेज़ीदाँ पोतों से कहा, "तुम्हें अपना फ़ैसला बदल देना चाहिए।" उसने पीपल की ऊँची फुनगी की ओर देखते हुए कहना जारी रखा, "इसने जेठ की तपती दुपहरी में हमारी थकान को कई पीढ़ियों तक चूसा है।" वह अपनी स्मृति पर ज़ोर देकर बोली, "बहुत साथ दिया है इसने मेरे बच्चो! तुम्हें नहीं मालूम, तुम क्या करने जा रहे हो? इसी पीपल की बदौलत इस गाँव का नाम पीपलपुरा है। इसी की वजह से अपना गाँव दूर-दूर तक पहचाना जाता है। तुम्हारी वजह से नहीं है इस गाँव की पहचान! घोर अकाल के वक़्त इसी की पत्तियाँ और छाल खा-खा कर तुम्हारे पुरखों ने अपना वंश जीवित रखा। उस वक़्त हर तरफ़ उजाड़ था। दाने-दाने के लिए आदमी मोहताज हो गया था। अकाल में सब सगे दगा दे गए थे। तब यही पीपल का पेड़ था जो सबसे ज़्यादा सगा साबित हुआ। लोगों ने भोजन के लिए कँटीले झाड़ तक खोदकर चबा डाले थे। उस वक़्त मालवा और बुंदेलखंड की तरफ़ गए भाई-बन्धु और कुटुम्बी आज तक लौटकर नहीं आए।"

बूढ़ी औरत ने एहसान भरे अफ़सोस के स्वर में फिर कहा, "पीपल का भौतिक अस्तित्व तुम नष्ट कर सकते हो लेकिन बिना पीपल के तुम्हारी पहचान न थी और भविष्य में भी नहीं होगी। तुम और तुम्हारे इस गाँव के बाशिन्दे दुनिया के किसी भी कोने में जाकर बस जाएँ, 'पीपलपुरा वाले' ही कहलाएँगे।"

बूढ़ी औरत ने पीपल के पेड़ की उदासी को अपने अन्दर महसूस एक श्मशानी झुरझुरी से वह काँप उठी। उसकी कोटर-सी आँखों से

आँसू निकलकर गालों की झुर्रियों में समा गए। वह अपनी बात ख़त्म कर चुकी थी। अब भी वह फुनगी की ओर लगातार देखते हुए सोच रही थी—क्या इस पीपल को अब भी वैशाख की वो चाँदनी रात याद होगी जब वह खलिहान में काम करने के बाद थकी-हारी अपने पति की बाँहों में लिपटी इसके तने से सटकर सो गई थी और भोर होने में ज़्यादा वक़्त शेष नहीं था, तब इसी पीपल ने मोर से कहकर उन्हें जगाया था। क्या वह मोर अब भी इसी पीपल की शाख़ों पर बैठता होगा...? अगर ज़िन्दा होगा तो मेरी तरह वृद्ध और जर्जर हो गया होगा...! या बरसात की किसी रात में किसी गीदड़ का शिकार हो गया हो...? कौन जाने!

लेकिन वृद्ध मोर अब भी वहीं बैठा हुआ था, उसी शाख़ पर जहाँ वह बरसों से बैठता आ रहा है।

बूढ़ी औरत के पोतों ने उसकी बातें सुनकर अंग्रेज़ी में चन्द बातें आपस में करने के बाद निश्चय किया कि दादी को महानगर के पागलख़ाने में भर्ती कराना उतना ही ज़रूरी है जितना कि पीपल का काटा जाना। वे थोड़ी दूर बाद स्कॉच पीते हुए अंग्रेज़ी पॉप म्यूज़िक चलाकर थिरकने लगे थे जबकि भंडारया परिवार की लड़कियाँ महानगर ब्यूटी क्वीन प्रतियोगिता में हिस्सा लेने आमेर क्लार्क होटल में तीन दिन पहले ही जा चुकी थीं और वहाँ एक विदेशी प्रशिक्षक की देखरेख में अपने तमाम अंगों को तराशने में तल्लीन थीं।

भंडारया परिवार की उस बूढ़ी औरत की पीपल के पेड़ से बहुत सारी सुखद और दुःखद यादें जुड़ी हुई थीं। इसी पीपल की जड़ों में जवानी में जल चढ़ाते हुए उसने इस विशाल परिवार की सुख-समृद्धि की ख़ातिर अनेक मिन्नतें की थीं। उसके शरीर की एक-एक झुर्री में इतिहास दर्ज था। उम्र के बोझ तले दबे उसके रुग्ण हृदय में हाहाकार मचा हुआ था। वह अपने बारे में हुए फ़ैसले से बेख़बर लगातार उसी पीपल के पेड़ की तरफ़ टकटकी लगाए देखे जा रही थी। जब दिल रोने-रोने को

हुआ तो वह अपने कमज़ोर-काँपते हाथों के बल जैसे-तैसे घिसटते हुए उस खेत की अन्तिम मेंड़ तक आई जिसकी दूसरी मेंड़ पर वह विशाल पीपल का पेड़ खड़ा हुआ था। वह चाहती थी कि पीपल के उस खुरदरे तने की बाथ भर-भर कर उसे अन्तिम विदाई दे। मगर अब उसमें इतनी शक्ति ही शेष बची थी कि वह वापस जाकर अपनी कोठरी में जा लुढ़के।

मगर पीपल के पेड़ की नज़रें नंगे पहाड़ और सूखे तालाब की जानिब स्थिर हो गई थीं। कभी शेर, चीते एवं बघेरों की गूँज से थरथराता पहाड़ का जंगल अब मेज़, कुर्सियाँ, किवाड़ों आदि के अलावा भट्ठियों में खप गया था। बारह मास लबालब रहने वाला तालाब मुद्दत से प्यासा था। पानी की आस में उसका उदर तरेड़ों की झुर्रियों से भर गया था। खजूरों का सघन झुरमुट अब खँडहर जैसी अवस्था में शेष था। किसी ज़माने में इसी तालाब की पाल पर घुड़सवार सैनिकों के घोड़ों की हिनहिनाहट सिक्कों के खनक की तरह गूँजती रहती थी। रात में जलती मशालों से रोशन मराठा सैनिकों के तम्बू और उनमें होने वाले घात-प्रतिघात, रास-रंग सबका गवाह रहा है। तब तो वह भरपूर जवान था। उसका लम्बा-चिकना तना देखकर एक अंग्रेज़ कप्तान की गोरी मेम तो उससे घंटों लिपटकर अपने बदन को धीमे-धीमे रगड़ती हुई मदहोश हो गई थी।

उसे वह दृश्य अब भी याद है। उसकी गुलाबी शिराएँ तब और भी गुलाबी हो गई थीं। और उसने इस दृश्य को अपने निजी स्मृति कक्ष में हीरे की तरह हर मौसम की मार से अब तक बचाए रखा था। उसकी शाख़ों पर बरसों से बैठने वाला वृद्ध गिद्ध उस दृश्य का एकमात्र जीवित चश्मदीद गवाह है। न जाने क्यों, उसे यह सब याद आने लगा...! कौन विश्वास करेगा एक पेड़ के इस अनर्गल प्रलाप पर...? शायद कोई नहीं...? या शायद भंडारया परिवार की अन्तिम वृद्ध औरत जो इसी क्षण उसकी होने वाली शहादत पर ठीक उसके दूसरी ओर की मेंड़ पर टकटकी लगाए बस उसे देखे जा रही थी।

पीपल की असंख्य पत्तियों में उगी आँखें नीम बेहोशी में मुंदने लगी थीं। बमुश्किल हवा के हल्के-दुलारे झोंके से उसने अपनी पत्तियों को सरसराकर चौतरफ़ा एक मातमी ध्वनि उत्पन्न की। उसे शाम के हल्के धुँधलके में वह बूढ़ी औरत दूसरी तरफ़ वाली मेंड़ पर एक गोल धब्बे जैसी नज़र आई। हल्की साँस के बाद ताज़ा ऑक्सीजन छोड़ते हुए उसने सोचा—उफ़! ये बुढ़िया अब मान क्यों नहीं लेती कि वह कभी इस जगह उगा ही नहीं था!

उसने अपने से कुछ दूर स्थित उस विशाल और सूख चुके कुएँ के तले से आती कबूतरों की फड़फड़ाहट और गुटरगूँ को ध्यान से सुनने की कोशिश की। वह विशाल कुआँ कछवाहों की ऐतिहासिक धरोहर था जिसके बारे में यह किंवदंती वह कई बार सुन चुका था कि उसका मीठा और साफ़ पानी मुग़ल सम्राटों को इतना भाया था कि कछवाहा राजाओं को एक कलश पानी रोज़ दिल्ली भेजना पड़ता था।

फिर कुएँ की याद उसे इस किंवदंती के अलावा भी यूँ ही नहीं आई बल्कि इससे इतर एक ऐसी दर्दनाक घटना उसके स्मृति पटल पर ज़बरन खोद दी गई थी जिसे याद करके वह अब भी काँप-काँप जाता है। यही नहीं, घटना के पीछे इनसानी कुतर्कों ने उसके भाग्य का फ़ैसला तो उसी दिन तय कर दिया था। लेकिन तब इसी बूढ़ी औरत ने कुल्हाड़ियों को ललकार कर चेतावनी दे डाली थी कि पहले उसके टुकड़े-टुकड़े करने होंगे बाद में इस पीपल के...। इसी बूढ़ी औरत की वजह से उसे शेष दुनिया अब तक देखने का मौक़ा मिल पाया। वह अब भी इसका एहसानमन्द है।

बरसों पूर्व घटित वह दर्दनाक हादसा उसके ऊपर कलंक के रूप में इसी भंडारया परिवार ने साज़िश के तहत थोप दिया था। उसे सुरजो का चकाचौंध कर देने वाला रूप और यौवन हमेशा ही रोमांचित करता रहा था। जब वह उसके आजू-बाजू के खेतों में उगी सरसों की फ़सल

जो कि पीले फूलों से लदी होती थी, में चारे के लिए पीले पड़ चुके पत्ते तोड़ती तो वह उसे एकटक चुपचाप देखता रहता था।

सावन के महीने में सुरजो उसी की शाख़ पर झूला डालकर जब राग मल्हार में कोई गीत गाती तो वह अपनी पत्तियों की आवाज़ के साथ ताल मिलाता था। तब वह अपने क़रीबी साथी मोर और तोते से कितने गर्व से कहता था कि अगर सुरजो किसी सूखे पेड़ को नज़र भर देख ले तो उसमें कोंपलें फूटने लग जाएँगी। उसकी बात सुनकर दोनों हँसते। मोर कहता, "लगता है, तुम बढ़ती उम्र के साथ-साथ सनक गए हो।" जवाब में तब उसी ने दर्द भरे स्वर में कितनी सच्ची बात कही थी, उसे याद है, "सनकी मैं नहीं हूँ। मैं तो उसे अपने कोमल-लचीली शाख़ जितना प्यार करता हूँ। जैसे एक सुन्दर और चंचल बेटा से उसका बाप स्नेह करता है। सनकी तो सुरजो का जेठ है जो लगातार बाज़ की तरह उसका पीछा करता रहता है और कहता है कि अगर सुरजो अपने गर्भ में उसका बीज धारण कर ले तो वह अपने हिस्से की सारी ज़मीन सुरजो के नाम कर देगा।"

सुरजो का जेठ अपने दोनों बच्चों को भयंकर ज्वर में खो चुका था। सन्तान के नाम पर मात्र एक लड़की थी जो ससुराल जा चुकी थी। सुरजो की जेठानी इस क़ाबिल नहीं थी कि और बच्चे पैदा कर सके। विशाल भंडारया परिवार में उसके जेठ का रुतबा एक सूबेदार जैसा था। एक रात सुरजो ने अपने पति से कहा, "जेठजी की नीयत में खोट है। आप उन्हें समझा देना। मैं उनके लिए बेटी के बराबर हूँ।" तब उसके पति ने उसे झिड़क दिया था, "बड़े भैया राम जैसे हैं। तुम्हें ग़लतफ़हमी हुई होगी।"

घर की औरतें उसकी पीड़ा से अनजान थीं। सास जानते हुए भी आँखें मूँदे थी। वह ताना मारती, "तुम मेरे सोने जैसे बेटे में काई (जंग) लगाना चाहती हो...। ज़्यादा जौवन चढ़ा है क्या...? बापखाणीर! पीहर

में क्या-क्या गुल खिला के आई है, सब जानती हूँ।" यह सुनकर सुरजो तड़प उठती। किससे कहे वह...? कैसे बचे...? कहाँ जाए...?

एक दिन जब सुरजो बाजरे के खेत में चारा काट रही थी तो उसका जेठ अचानक प्रकट हुआ। सुरजो ने दराँती कसकर पकड़ ली। कामुक और हिंसक आवाज़ में वह बोला, "सारी जायदाद तेरे नाम कर दूँगा। मेरा बीज करामाती है।" थर-थर काँपती सुरजो घूँघट की ओट से कड़की, "ऊँचे घरों की यही रीत है? भूल जाओ। मेरे हाथ की ये दराँती कुछ भी करने से नहीं चूकेगी।" सुरजो ने दराँती को तलवार की तरह तान दिया था। पीपल पर बैठे देख रहे वृद्ध मोर ने पंख फड़फड़ाए। हवा ने शाख़ों और पत्तियों को झकझोरा। सब स्तब्ध थे। एक छोटी उड़ान भरकर खेत में उतरकर मोर ने बाजरे के पौधों को ज़ोर से सरसराया। सुरजो का जेठ किसी के बेवक़्त आने की आहट समझकर ताव खाता हुआ उलटे पाँव ये कहकर लौट गया, "एक दिन तेरी जाँघों का ज़ोर ज़रूर देखूँगा।" मोर खेत की मेंड़ पर आया, नीली गर्दन को मोड़कर इधर-उधर देखा और सुरजो की इज़्ज़त बचाने की ख़ुशी में अपने इन्द्रधनुषी पंखों को फैलाकर नाचते हुए चिहुँका—कैंऊँ-कैंऊँ...ऽऽऽ । पीपल ने हवा की मदद से नर्म शाख़ों और पत्तियों को जी भर झुमाया। ऊपर आसमान में स्लेटी रंग के बादल तैर रहे थे। सुरजो ने पीपल की सबसे ऊँची फुनगी पर बैठी कमेड़ी को देखा जिसके ऊपर बाज़ लगातार चक्कर काट रहा था। हवा के वेग से काली-स्लेटी बदली पानी से लदी किसी पहाड़ की चोटी से गुत्थमगुत्था होने बगटुट उड़ी जा रही थी। सुरजो ने घास का भरोटा काँपते हाथों से सिर पर रखा और खेत से निकलकर घर की राह पकड़ी। फिर गुवाड़ी में भरोटा सिर से उतारकर फफक पड़ी। बाहर धीमे-धीमे बारिश शुरू हो चुकी थी।

पति आनगाँव गया हुआ था। दो रातें उसने अपने एकमात्र मासूम और गदबदे बच्चे को छाती से चिपकाए दहशत में जागते हुए काटी।

तीसरे दिन जब पति आया तो रात को वह लरजती आवाज़ में यह कहकर फफक उठी, "हो सकता है, मेरा अन्त निकट हो।" पति ने सारी घटना सुनकर बेहयाई और बेरहमी से कहा, "क्या फ़र्क़ पड़ता है। सारी जायदाद अपनी हो जाएगी। इस चमड़ी का बिगड़ना भी क्या...!"

धरती तो उसी रात उसी पल फट गई थी।

कुछ दिन बाद क्वार मास की वह काली-अँधेरी उमस भरी रात पीपल के पेड़ को ज्यों-की-त्यों याद है जब लुटी-पिटी सुरजो अपने मासूम बच्चे को छाती से चिपकाए उसके तने से लगकर देर तक मुख चूम-चूम कर रोती रही थी। वह रात उसकी ज़िन्दगी की सबसे भयंकर रात थी। उसकी शाख़ों पर बैठे तमाम पक्षी और कोटरों में दुबके जीव सबके सब कितने रोए थे। देर तक बेटी की तरह सुरजो को अपने तने से चिपकाए एक बेबस बाप की तरह जीने के लिए हिम्मत देता रहा था। मगर सुरजो कुछ तय कर चुकी थी।

वह बच्चे को छाती से चिपकाए उससे अलग हुई। डगमगाते क़दमों से कुएँ की तरफ़ चल पड़ी। तब पत्तियों को हिला-हिला कर उसने कितना शोर करते हुए कहा था, "ऐसा मत कर मेरी बेटी...मेरी लाड़ो...!" झाड़-झंखाड़ तथा पत्थरों से भरे सूखे कुएँ में जब वह बच्चे सहित छलाँग लगाने को थी तब वह उस ख़ौफ़नाक मंजर को नहीं देख सका था।

कई दिनों तक वह शोक में डूबा रहा था।

पीपलपुरा, पूरा भंडारया परिवार और आसपास के गाँव सुरजो की मौत से दहशत में डूबे हुए थे। उनके अनुसार सुरजो ऐसा कर ही नहीं सकती थी। यह तो पीपल के पेड़ में बसी किसी 'ऊपरी हवा' की करतूत है। सुरजो के जेठ तथा उसके हमजुबाँ कई लोगों ने एक स्वर में पीपल को अशुभ और ख़तरनाक घोषित कर दिया था, "भूतों का वास है इसमें...। इसे शीघ्र ही कटवा देना चाहिए..."

फिर उसे 'भूतों वाला पीपल' के तौर पर दूर-दूर तक बदनाम कर दिया गया। तब वह सचमुच जीना नहीं चाहता था। तब उसने सोचा था—इससे तो अच्छा है कि कोई बज्जर तूफ़ान आकर उसे उखाड़ दे ताकि इन कलंक से मुक्ति मिले! वह जड़ों सहित उखड़ जाना पसन्द करता था मगर उसे इनसानों के हाथ कटना क़तई मंजूर नहीं था।

लोग कहते, "अब इस पीपल में सुरजो की भूतनी वास करने लगी है और हर अमावस की रात वह इसी पीपल के पेड़ तले नंगी होकर कुजात भूतों के संग रास रचाती है।" सुरजो और उसको लेकर कई डरावनी किंवदंतियाँ दूर-दूर तक फैलाई जा चुकी थीं। जो लोग उसे पहले दूर-दूर से देखने आते थे तथा उसकी घनी ठंडी छाँव में दो घड़ी विश्राम करते थे, अब उनके लिए वही पीपल अछूत और हत्यारा हो चुका था।

तब भंडारया परिवार की इसी बूढ़ी औरत ने उसे कटने से बचा लिया था जो रिश्ते में सुरजो की चचिया सास लगती है।

लेकिन अब उसके आसपास की ज़मीन, तालाब और उस कुएँ का सौदा हो चुका है, भंडारया परिवार की तमाम साझा विरासत कुछ वक़्त बाद करोड़पतियों की सैरगाह होगी। महानगर से महज़ बीस किलोमीटर दूर और राष्ट्रीय राजमार्ग के निकट होने के कारण क़ीमत करोड़ों में आँकी गई है। तालाब और कुएँ का जीर्णोद्धार होगा। पहाड़ के सहारे-सहारे बहने वाले नाले को मोड़कर तालाब को बारहो मास पानी उपलब्ध कराया जाएगा। खजूरों को बिलकुल साफ़ कर वहाँ सुन्दर विदेशी पौधे रोपे जाएँगे। जो तालाब किसी ज़माने में फ़सलों की प्यास बुझाता था, अब अर्द्धनग्न सैलानियों की बोटिंग के लिए तैयार होकर डॉलर और पाउंड उगलेगा। पीपल और उसके आसपास की ज़मीन पर पाँच सितारा होटल का निर्माण होगा। होटल का मॉडल तैयार हो चुका था। महानगर में अपनी-अपनी पसन्द की कॉलोनियों में फ़्लैट ख़रीद लेगी।

समय की रफ़्तार के साथ चलने की तमन्ना रखने वाली इस पीढ़ी

के मुताबिक़ गाँवों में अब रखा भी क्या...? महानगर में विकास होगा। कोठियाँ होंगी। कारें होंगी। भव्य पार्टियाँ होंगी। पीपलपुरा, पीपल, तालाब और कुआँ बाज़ार के हिसाब में कहीं नहीं थे।

जिस सुबह बीसियों आदमियों का जत्था पेड़ काटने और जड़ों को खोदने वाली अत्याधुनिक मशीनों से लैस होकर वहाँ आया, वह बुढ़िया तब भी एक धब्बे की मानिंद उसी मेंड़ पर बैठी हुई थी। हवा और पक्षियों में मातमी दहशत फैली हुई थी। वृद्ध पीपल ने एक असहाय नज़र उस औरत पर डाली तो उसकी पत्तियों पर जमी ओस टप्प...टप्प...की आवाज़ के साथ आँसू की तरह नीचे गिरने लगी। जड़ों ने अन्तिम बार धरती के अन्दर से लवण और पानी को चूसा। पत्तियों ने काले धुएँ में मिली कार्बन डाई ऑक्साइड को सोखकर शुद्ध प्राणवायु दूसरी मेंड़ पर बैठी उस बुढ़िया के जर्जर फेफड़ों तक पहुँचाकर तृप्ति का अलौकिक आनन्द लिया।

वृद्ध मोर ने अन्तिम बार उस विशाल पीपल की मोटी शाख़ पर अपने पंख फैलाकर सुन्दर नाच दिखाया। हरियल तोतों का वह झुंड नन्ही शाख़ों से अपनी चोंचों को बार-बार रगड़ रहा था। चींटों ने बिलों से निकलकर एक क़तार में खड़े होकर मातमी परेड के साथ बूढ़े पीपल को अन्तिम सलामी दी। हर मौसम में रंग बदलने वाले गिरगिटों ने अवसाद भरे स्वर में कहा, "इनसान हमसे भी बेहतर रंग बदलना जानता है।" कोटरों में छुपी हुई गिलहरियाँ बाहर शाख़ों पर आकर शोर मचाने लगीं। वृद्ध पीपल ने उनकी नन्ही अँजुरियों में बनी एक-एक गोल आहिस्ता से रख दी थी।

विदाई के उन सबके जुदा-जुदा और अबूझ तरीक़े थे।

पीपल का बूढ़ा पेड़ सज़ा-ए-मौत के लिए अब तैयार था। अन्तिम बार उसने अपनी सबसे ऊँची फुनगी की सहायता से दूर-दूर तक नज़र डालकर अपनी पत्तियों में उगी असंख्य आँखों को कसकर बन्द कर

लिया था। परिवार की वह वृद्ध औरत समाधिस्थ होकर अपने पोपले मुँह से अस्फुट स्वर में शायद 'गीता' के श्लोक बुदबुदा रही थी।

पचासों तमाशबीनों की उपस्थिति में पेड़ को काटना शुरू कर दिया गया था। शक्तिशाली मशीनी आरियों द्वारा सबसे पहले उसकी विशाल मोटी-मोटी शाख़ें काटी गईं। शाखाएँ अर्राऽऽ अर्राऽऽऽ कर दर्दनाक चीत्कार करती हुई ज़मीन पर ज्यों ही गिरतीं, नीचे खड़ा मज़दूरों का दूसरा दल उन पर भूखे भेड़ियों की तरह हाथ से चलने वाली छोटी-छोटी आरियाँ और कुल्हाड़ियाँ लेकर टूट पड़ता था। पलों में उसे छोटी-छोटी लकड़ियों में तब्दील कर हाथों-हाथ ट्रक में लाद दिया जाता। दूर अलग-अलग पेड़ों पर बैठे पक्षी उसका काटा जाना बेबस होकर देख रहे थे। अब उसका भीमकाय तना शेष रह गया था जो सिर-कटे योद्धा की तरह लग रहा था। इसे भी कुछ घंटों में एक शक्तिशाली आरी द्वारा ज़मीन की सतह से एक बेरहम सफ़ाई से काट दिया गया। ज़मीन में धँसी दूर-दूर तक फैली जड़ों को खोज-खोज कर खोद डाला गया। सूर्यास्त से पहले पीपल का अस्तित्व समूल नष्ट कर धरती को समतल बना दिया गया। ज़मीन पर सिर्फ़ परत उसकी छाल के चन्द छीपटे और मुरझाई पत्तियों के सिवा वहाँ पीपल का कोई अवशेष नहीं बचा था। जो पीपल का पेड़ बचपन से जवानी और बुढ़ापे तक पीपलपुरा के लोगों के दाह-संस्कार के लिए अपनी पवित्र लकड़ी निःस्वार्थ देता रहा, वह इसी अफ़सोस को लेकर दुनिया से चला गया कि एहसान फ़रामोश इनसानों ने उसके अन्तिम संस्कार के लिए उसी की एक लकड़ी तक नहीं छोड़ी...। सारी लकड़ी हाथों-हाथ ट्रकों में लादकर बाज़ार में बिकने के लिए भेज दी गई।

लोगों ने लोगों से सुना कि उसी रात सुरजो का जेठ पागल हो गया। उसे हर वृंक्ष पीपल का वृक्ष नज़र आता। वह चीख़-चिल्ला कर दौड़ता कहता, "काट डालो इन पेड़ों को...।" औरतें फुसफुसाकर

दहशत भरे स्वर में कहतीं, "उसे सुरजो की भूतनी ने जकड़ लिया है। बदला लेकर रहेगी।" हार-थक कर उसे महानगर के पागलख़ाने में भर्ती करवा दिया गया।

भंडारया परिवार की वह बूढ़ी औरत अपने पोतों के फ़ैसले को सींग बताकर उसी दिन से गायब हो चुकी थी। सब जगह तलाश की गई मगर बुढ़िया कहीं नहीं थी। किसी ने कहा, "वह गंगाजी की ओर जाने वाले रास्ते में हाथों के बल घिसटती हुई देखी गई है।" पूछने पर उसने बताया, "वह अपने अन्तिम पुरखे के फूल गंगाजी में प्रवाहित करने जा रही है।" देखने वालों ने तो यहाँ तक कहा, "उसकी छोटी-सी पोटली में पीपल की छाल के कुछ छीपटे, मुरझाई पत्तियाँ तथा जड़ों के एक-दो टुकड़े बँधे हुए थे।"

इस कथा को हवा ने बड़े दर्दनाक अन्दाज़ में हर जड़-चेतन को सुनाया। सुनने वालों में से कुछ ने कहा, "हो सकता है, ऐसा हो...।" कुछ ने कहा, "झूठ...। इस ज़माने में न तो ऐसी कोई बुढ़िया हो सकती है और न ही ऐसा कोई पीपल का पेड़। आने वाला वक़्त ही सच को उजागर करेगा।" बहरहाल यह किंवदंती गाँव-गाँव खूब सुनी जाती है कि आज तक किसी ने पीपल के फूल नहीं देखे। लेकिन देखने वालों ने महानगर के कई मल्टी स्टोरों पर फ़लाँ ब्रदर्स मल्टीस्टोर (पीपलपुरा वाले) लिखा हुआ ज़रूर देखा है।

मुर्ग़ा

एपीओ होकर जब गंगाराम जिला शिक्षा अधिकारी ऑफ़िस पहुँचा तो उसकी टाँगें काँप रही थीं। रियासतकालीन एक पुराने दो मंज़िला बड़ी हवेली में स्थित जिला शिक्षा अधिकारी का ये ऑफ़िस एपीओ और निलम्बित होने वाले अध्यापकों के लिए जेलख़ाने से कम नहीं था।

एक मामूली-सी बात पर ब्लॉक शिक्षा अधिकारी ने उसे एपीओ का आदेश थमा दिया था। शिक्षा अधिकारी को साफ़-साफ़ निर्देश थे कि अगर कोई अध्यापक ज़रा भी कोताही बरतता है तो उसे एपीओ बनाकर सीधे जिला ऑफ़िस भेज दें। जिला शिक्षा अधिकारी ने अपनी कमाई का यह एक अलग रास्ता निकाला हुआ था।

गंगाराम कोली उसी योजना का शिकार था।

वह जब उपस्थिति दर्ज कराने का प्रार्थनापत्र लेकर जिला शिक्षा अधिकारी के ऑफ़िस में दाख़िल हुआ तो उसका हलक सूख रहा था। मेज़ पर प्रार्थनापत्र रखते हुए वह बमुश्किल बोल पाया, "सर...!" आगे के शब्द बोलना वह भूल गया, जिला शिक्षा अधिकारी के बारे में उसने सुन रखा था कि वह बहुत सख़्त और खुर्राट क़िस्म का आदमी है। जिस वक़्त गंगाराम ने "सर..." कहा उस वक़्त अधिकारी अपने चहेते बाबू दिनेश पंडित से उलझा हुआ था...

अधिकारी ने कड़ककर पूछा, "ये क्या है?"

"सर, उपस्थित होने का प्रार्थनापत्र है।

"अरे पंडित पढ़ इसे।" अधिकारी ने प्रार्थनापत्र दिनेश बाबू की ओर सरकाकर आदेश दिया। दिनेश बाबू ने प्रार्थनापत्र पढ़कर एक नज़र गंगाराम के चेहरे पर डाली। फिर सा'ब से मुख़ातिब होकर हिक़ारत से बोला, "एपीओ वाला मामला है सर!"

"हूँ...!" अधिकारी ने अपनी सपाट खोपड़ी पर हाथ फेरते हुए पूछा, "क्या नाम है ?"

"सर...गंगाराम...।" गंगाराम की टाँगें अब भी काँप रही थीं। 20 साल की साफ़-सुथरी अध्यापकी पर यह पहला वज्रपात था।

"पूरा नाम पता बोल...।"

"सर...गंगाराम कोली पुत्र कलुआ कोली, ग्राम कैमला, राजकीय प्राथमिक स्कूल बड़ापुरा।"

"अच्छा-अच्छा कोली हो!"

"जी।"

"हूँऽऽऽऽ क्या हुआ था?"

"सर...वो क्या है कि स्कूल के ठीक पीछे रहने वाले पंचायत मेम्बर की माँ मर गई थी। तो मेम्बर ने रेस्ट के बाद शोक में स्कूल बन्द करवा दिया था। सामने रहने वालों ने इस बात की आपसे शिकायत की थी।"

"अच्छा...अच्छा...अब याद आया...।" अधिकारी ने याद आने की मुद्रा बनाकर बोलना जारी रखा, "आप तो आज के हर अख़बार में छा रहे हो माट'साब...! हर अख़बार में आपकी ख़बर है। आपने शिक्षा विभाग का नाम रोशन किया है।"

फिर मेज़ पर रखी घंटी बजाकर गेंदालाल चपरासी को बुलाया।

"आज के सारे अख़बार लेकर आओ।" गेंदालाल रोबोट की तरह गया और सारे अख़बार लाकर मेज़ पर रख दिया। अधिकारी ने सभी

अख़बारों के स्थानीय संस्करण निकालकर दिनेश बाबू के सामने लहराकर कहा, "अरे पंडित देख तो सही! हरामखोरी की भी हद होती है।"

दिनेश बाबू ने ख़बरों पर फ़ौरी नज़र डालकर हिक़ारत से कहा, "करेला और नीम चढ़ा...!! मास्टर...और ऊपर से एससी।"

"वही तो...!" अधिकारी की मुखमुद्रा कठोर होने लगी।

"छुट्टी क्योंकि...?"

"सर, मेम्बर की माँ ख़त्म हो गई थी। छुट्टी उन्होंने ही करवाई।"

"मेम्बर की माँ मरी थी कोई प्रधानमंत्री की माँ तो नहीं मरी ना।"

"सर..." गंगाराम का हलक़ सूखने लगा। प्यास ज़ोरों से लग रही थी।

"अरे, क्या...सर...सर लगा रखा है। फोकट की तनख़्वाह लेते हो बच्चों को पढ़ाने में ज़ोर आता है। शिक्षा विभाग का भट्ठा बैठा रखा है।"

गंगाराम का साँवला रंग और सँवलाने लगा। अधिकारी के सुर में सुर मिलाकर दिनेश पंडित ने अपनी भड़ास निकालते हुए कहा, "सर एससी/एसटी वालों ने हर डिपार्टमेंट की बैंड बजा रखी है। रिज़र्वेशन से नौकरी मिल जाती है। काम के नाम पर गुलसप्पा। कुछ कहो तो एससी की धमकी देते हैं।"

"वही तो! अब इसे जाँच होने पर जब सत्रह सीसी का नोटिस मिलेगा तब पता चलेगा। सब एससी-वस्सी गदइया की उसमें घुस जाएगी।"

ज़िला शिक्षा अधिकारी ने कड़क लहजे में कहकर प्रार्थनापत्र को रिमार्क कर गंगाराम से कहा, "जाओ! इसे फूलबाबू को दीजिए।"

गंगाराम का सिर चकराने लगा। गाँव से साठ किलोमीटर दूर ज़िला मुख्यालय वह सुबह एक चाय के भरोसे चल दिया था। लंच टाइम होने वाला है। उसने ऑफ़िस से बाहर आकर गेंदालाल चपरासी से पूछा, "फूलबाबू कौन से कमरे में बैठे हैं?"

"दूसरी मंज़िल पर कमरा नम्बर 2 में।" गेंदालाल ने इशारा कर बताया।

गंगाराम दूसरी मंज़िल पर कमरा नम्बर 2 में पहुँचा। प्रार्थनापत्र फूलबाबू को देते हुए उसके हाथ जुड़ गए थे। फूलबाबू ने प्रार्थनापत्र पढ़कर सा'ब का रिमार्क पढ़ा। मेज़ की दराज़ से एक रजिस्टर निकालकर गंगाराम को थमाकर कहा, "इसमें अपना नाम लिखकर दस्तख़त कर दो।"

गंगाराम ने काँपते हाथों से रजिस्टर पकड़ा पन्ने पलटकर अपना नाम, स्कूल का नाम लिखकर हस्ताक्षर किए।

निरीह आवाज़ में पूछा, "मेरे लायक़ कोई काम बाबूजी?"

"काम ही करते तो एपीओ क्यों होते...!"

"बाबूजी को क्या..."

गंगाराम की बात अनसुनी करते हुए फूलबाबू ने कहा, "रहने दो। सब पढ़ लिया अख़बार में। एससी वालों को बदनाम करके रख दिया कामचोरों ने। मैं भी एससी हूँ। जाटव हूँ। लेकिन मजाल जो आज तक किसी ने तू भी कहा हो। अगले साल रिटायरमेंट है। अपने काम की बदौलत आज तक बेदाग रहा हूँ। लंच में सामने हुकम काछी की चाय की दुकान पर मिलना। ठीक है।"

"जी...'" गंगाराम के हाथ जुड़े हुए थे। हुकम काछी कोई तीस साल से ज़िला शिक्षा अधिकारी के ऑफ़िस के सामने चाय की दुकान पर है। चाय, बिस्कुट, नमकीन, बर्फ़ी, बीड़ी, सिगरेट, गुटका आदि बेचता है। ऑफ़िस के अधिकारी एवं तमाम कर्मचारी चाय आदि यहीं से मँगवाते हैं। दुकान पर कभी हुकम कभी उसकी पत्नी पितकाली तो कभी उसका बेटा बैठता है। गंगाराम ऑफ़िस से बाहर निकलकर हुकम काछी की दुकान के सामने लगी बेंच पर जा बैठा। माँगकर पानी पिया। भूख सताने लगी थी।

लंच हुआ तो फूलबाबू दिनेश पंडित के साथ आकर गंगाराम की बगल में आ बैठा। दुकान पर आज पितकाली बैठी हुई थी।

"कहि फूलबाबू...। आज कोउ मछरिया फँसी की न फँसी?"

पितकाली ने आँख नचाते हुए फूलबाबू से पूछा।

"तू भी हद करे पितकाली।" फूलबाबू इस अप्रत्याशित हमले से झुलस गया।

"काहें भैन के मामाऽऽऽऽ, मैं का ग़लत बोली?"

'भैन के मामा' पितकाली काछिन का तकिया कलाम था। जब वह बोलना शुरू करती है तो अच्छे-अच्छों की खटिया खड़ी करके ही मानती है। ऑफ़िस में 'मछली, बकरा, मुर्ग़ा' के कोडवर्डों के पीछे जितने भी खेल होते थे, पितकाली को सब मालूम था। न जाने कितने अधिकारी-कर्मचारी आए और चले गए; मगर वह अभी इसी दुकान पर बैठती है।

दिनेश बाबू तब तक दस चाय, चार सौ ग्राम नमकीन,पाव भर बर्फ़ी का ऑर्डर दे चुका था। चाय बनने तक फूलबाबू सिगरेट लेकर फूँकते रहे। पितकाली बोली, "दिनेश बामण, पिछली उधारी बाक़ी है। आज हिसाब करियो।"

"हओ।" दिनेश बाबू ने कहा।

"आज की नगद या उधार...?"

"नगद।" फूलबाबू बोले। तीन चाय तो यहीं दे दो। बाक़ी की केतली में डाल दो। नमकीन और बर्फ़ी भी थैली में डाल दीजिए।"

पितकाली ने तीनों को कप थमाकर फूलबाबू से पूछा, "ई को है?" इशारा गंगाराम की ओर था।

"मास्टर है।"

"ऊ तो समझ गई। पर भैन के मामा, ई बता कि बकरा है कि मुर्ग़ा...?"

"मुर्ग़ा...।" फूलबाबू ने दिनेश की ओर देखकर बताया।

गंगाराम भौचक्का-सा इधर-उधर देखने लगा। ठीक से पल्ले कुछ नहीं पड़ा।

"नीचो कि ऊँचो...?" पितकाली ने गंगाराम के सँवलाए चेहरे को ग़ौर से भेदते हुए फिर पूछा।

"नीचो...।" फूलबाबू ने सिगरेट का आख़िरी कश लगाकर बताया।

"ओय...भैन के मामा...नेक होलैं काटियो।" गंगाराम ने जल्दी-जल्दी चाय सुड़की। वह खड़ा होने को ही था कि फूलबाबू ने आदेशात्मक लहजे में कहा, "माट सा'ब...?

ये केतली की चाय, नमकीन, बर्फ़ी अन्दर साब के कमरे में देकर आइए।" गंगाराम की गर्दन फँसी हुई थी। आज एपीओ का पहला दिन है। एक हाथ में केतली और दूसरे में नमकीन, बर्फ़ी की थैली थामे वह मरियल क़दमों से ऑफ़िस के अन्दर दाख़िल हुआ।

"याकि जाति तो बता...?"

"कोली।" फूलचन्द बाबू ने बताया।

हओ...। जबहिं कारो रंग है। सिकल ते ही लग रियो है। ठीक हौंले उतारियो नथ फूलबाबू। बाबू ग़रीब मास्टर है।"

"धीरे बोल महारानी! तेरे हाथ जोड़ो।" फूलबाबू रुई के फाहे-सा नरम होकर बोला।

गंगाराम को आते देख पितकाली चुप हो गई। वह आकर बेंच पर बैठा ही था कि दोनों खड़े होकर एक साथ बोले, "कितने दें...?"

पितकाली ने हिसाब बताया। पिछली उधारी भी उसमें जोड़ दी थी। फूलबाबू और दिनेश बाबू ने जेब में हाथ डाला ही था कि गंगाराम बोल पड़ा, "रहने दीजिए मैं कर..."

"आप क्यों...? हम माल नहीं खाते सा'ब।" फूलबाबू गंगाराम का कन्धा सहलाकर हँसने लगा। आज तो आपकी तरफ़ से ठीक है, मगर सौ की पिछली उधारी भी तो है।"

"सब हो जाएगा बाबूजी, समझो कि हमने पार्टी दी है।" गंगाराम तब तक पितकाली को पैसा चुकता कर चुका था। हवा में खुश्की थी। पहला दिन और छह सौ की चपत। फूलबाबू पलटकर आए। गंगाराम के कन्धे पर हाथ रखकर खड़े होने का इशारा किया। एक तरफ़ ले जाकर अपनी जेब से एक कार्ड निकालकर गंगाराम को थमाया। और हाथी की चाल से वापस ऑफ़िस की ओर मुड़ लिये।

गंगाराम ने कार्ड पढ़ा।

फूलचन्द जाटव जिला अध्यक्ष, आम्बेडकर संघर्ष समिति महासचिव, ऑल राजस्थान दलित कर्मचारी संघ, नीचे घर का पता लिखा हुआ था।

...

रोज़ बस से साठ किलोमीटर आना और साथ ही फिर वापस जाना। रोटियाँ मुँह लगीं तो ठीक ना लगे तो ठीक। एक महीना हो चुका है, गंगाराम का वज़न दस किलो कम हो चुका है। चेहरा और साँवला होकर चुसे हुए नीबू-सा हो गया। डीईओ ऑफ़िस में वह एपीओ सस्पेंड टर्मिनेट, सोलह सीसी, सत्रह सीसी का नाम सुन-सुन कर कई बार अवसाद में जा चुका है। आज बारह अप्रैल है। वह उकताकर रोज़ फूलबाबू से पूछता है, "जॉब कब तक चलती रहेगी...? मैंने कोई गबन थोड़े किया है। एक जवान औरत के शोक में हाफ़-टाइम बाद स्कूल बन्द रखा, बस।"

"माट सा'ब...आपने राजकीय काम में लापरवाही, अनुशासनहीनता और बालकों के भविष्य के साथ खिलवाड़ किया है। फिर भी आप बेशर्म होकर कहते हैं कि आपने कोई असामाजिक काम नहीं किया...!! शर्म पोषाहार के संग-संग बेच खाई या कुछ बची है...!! अभी तो एपीओ हुए हो। फिर सस्पेंड होगे और उसके बाद जानते हैं आप क्या होगा...?"

"क्या होगा...!! फाँसी लगेगी मुझे...?"

"सीधे टर्मिनेट! समझा...!!"

"समझ गया...!!"

गंगाराम बड़बड़ाते हुए फूलबाबू के कमरे से बाहर निकला। उसके चारों तरफ़ मगरमच्छ थे। सबके जबड़े फटे हुए थे। हर दिन कोई उसे सत्रह सीसी और टर्मिनेट का काल्पनिक डंडा मारता और वह बिलबिला उठता। ताक़तवर के सामने उसने इस एक महीने में हर बाबू और अधिकारी को नतमस्तक होते हुए देखा है। जूता मज़बूत है तो सब सलाम ठोंकते हैं।

वह बाहर आकर पितकाली की दुकान पर आ बैठा। ज़िन्दगी में पहली बार सिगरेट पिएगा। चाय के बाद। पटर-पटर बोलने वाली पितकाली भी आज अप्रत्याशित रूप से उदास है। चुप है। वरना अब तक तो वह 'भैन के मामा', 'भैन के मामा' बोल-बोल कर उसकी जान खा जाती। इस एक महीने में वह पितकाली के स्वभाव को कुछ-कुछ जान चुका था। पितकाली ने उसे हर बाबू,अधिकारी के बारे में बता दिया था कि किस वेश में कौन छुपा है?

चाय पीकर सिगरेट सुलगाने ही वाला था कि गेंदालाल ने आकर उसे बताया बड़े बाबू यानी फूलबाबू उसे याद कर रहे हैं।

उसने सिगरेट को जेब के हवाले किया और गेंदालाल के साथ फूलबाबू के कमरे में पहुँचा। फूलबाबू के कमरे में उसके सिवा कोई भी नहीं था।

"बैठो मा'ट साब।" फूलबाबू ने सामने रखी कुर्सी की ओर इशारा किया। गंगाराम बैठ गया।

"परसों क्या है?" गंगाराम के बैठते ही फूलबाबू ने प्रश्न किया।

"परसों...चौदह अप्रैल है।"

"यानी...?"

"यानी...!! चौदह अप्रैल और क्या...!"

"चौदह अप्रैल को क्या है...?"

"शुक्रवार है।"

"मैं वार नहीं पूछ रहा यार...! चौदह अप्रैल एक विशेष दिन है।"

"हाँऽऽऽऽ उस दिन स्कूल की छुट्टी रहती है।"

"किसने मादर...ने मास्टर बनाया तेरे को भैन के मामा...? तुझे चौदह अप्रैल पता नहीं...?"

"बताया ना...छुट्टी रहती है उस दिन...।"

"तेरी तो...अबे गधे, उस दिन आम्बेडकर जयन्ती है।"

"वो तो सबको पता है। हर साल आती है।"

"वही तो कह रहा हूँ, अगर आम्बेडकर ना होते तो तुम आज कपड़े बुन रहे होते या बकरियाँ चरा रहे होते और मैं चौराहे पर जूता गाँठ रहा होता। सारे दलित दबंगों की गुलामी कर रहे होते। हमारे लिए सब कुछ बाबा ने किया। आज उसी की बदौलत दलित भाई बड़ी-बड़ी नौकरियों में हैं। बाक़ी तो सब जानते हो। गणेश को बुद्धि कौन दे।"

"सही बात। मगर मेरी मुक्ति कब होगी यहाँ से?"

"मुक्ति होगी। ज़रूर होगी। मगर चौदह अप्रैल के बाद। उस दिन आंबेडकर पार्क में रात का अखिल भारतीय कवि सम्मेलन होगा। दिन में शहर भर की गलियों में मोटरसाइकिल रैली निकाली जाएगी। बाबा के योगदान पर विद्वान लोग चर्चा करेंगे। झंडे-बैनर-पोस्टर से शहर पाटा जाएगा। इस सब में पैसा लगता है। सब कुछ चन्दे से होगा।"

"हाँ, वो तो है।" गंगाराम की गर्दन अब कसाई की जाँघ से दबी जा रही थी।

फूलबाबू ने रसीद बुक गंगाराम के सामने रख दी।

"अपनी मर्ज़ी से जितना चाहो भर दो। 16 अप्रैल को पोस्टिंग ऑर्डर आपकी जेब में होगा। ठीक है।"

"ठीक है।" गंगाराम ने रसीद बुक वापस फूलबाबू को सौंपकर कहा, "आप ही भर दीजिए।"

"पैसे लाए हो?"

"कितने हैं?"

"ग्यारह हज़ार।"

"निकालिए।"

गंगाराम ने पैंट की पिछली जेब से पूरे 11000 निकालकर फूलबाबू को थमा दिए।

"आप भी एससी हैं। मैं भी एससी हूँ, वरना बीस हज़ार से कम में तो बात नहीं करता। साब को बड़ी मुश्किल से राज़ी किया है। हाथ जोड़े। पैर पड़ा; तब जाकर तुम्हारे काम को तैयार हुए।" फूलबाबू ने रसीद बुक पर कलम चलाते हुए कहा, सा'ब तो सवर्ण हैं।

उनका अपना जलवा है। जैट-चैक सब है उनका। मगर भैया, हम भी कम नहीं हैं। कार्ड पढ़ा कि नहीं मेरा...?"

"पढ़ा था ना!"

"बस तो...! दलित एकता के लिए ही हम समर्पित हैं।"

"आदेश आज नहीं मिल सकता क्या?" गंगाराम मिमियाया।

"शाम को घर आना। विस्तृत चर्चा वहीं होगी। ले ये पकड़ रसीद।" गंगाराम ने रसीद पढ़ा। पाँच सौ का सहयोग।

"मगर...रुपये तो ग्यारह हज़ार दिए हैं। रसीद पाँच सौ की...?"

सा'ब को क्या अपनी हड्डी दूँगा। पाँच तो सा'ब के हैं।"

"तो रसीद छह हज़ार की काट देते।"

"कवि-सम्मेलन, परिचर्चा, झंडे, बैनर, पोस्टर, रैली; खर्चे ही खर्चे हैं। ये कौन करेगा...? अकेले मुझे आरक्षण मिला था क्या...? या जाटवों को ही अलग से मिला...? बाबा ने सारे दलितों के लिए किया था तो सभी का योगदान चाहिए कि नहीं...?"

"...मगर रसीद तो मात्र पाँच सौ की है?"

"शाम को घर आना। ठीक है। वहीं बात करेंगे। कुछ ड्रिंक वग़ैरह लेते हो...?"

"कभी-कभी..."

"फिर ठीक है। एक रॉयल स्टैग ले आना। आज मेरी तरफ़ से पार्टी सही। अपने ऑफ़िस के बाबू लोग भी होंगे।...मटन...चिकन... वग़ैरह कुछ...?"

"कभी-कभी...!"

"ओह...फिर तो देसी मुर्ग़ा ले लेना होगा। कोई बात नहीं। उस मुर्ग़े का इन्तज़ाम तो दिनेश पंडित को दोपहर ही सौंप दिया था। कार्ड आपके पास है ही। घर का पता नीचे कार्ड में है। ऑटो से आ जाना। देसी मुर्ग़े का स्वाद बरसों तक याद रहेगा आपको। ठीक है।"

कहकर फूलबाबू तेज़ी से कुर्सी से खड़े हुए। दिनेश पंडित के कमरे में जाकर कमरा अन्दर से बन्द किया।

गंगाराम फूलबाबू वाले कमरे में अकेला अपनी पिछली जेब में रसीद रखते हुए कुर्सी से खड़े होने की कोशिश में बार-बार प्रयास करता और धप्प से कुर्सी पर वापस बैठ जाता। उसने अपनी गर्दन पर हाथ फेरा। उसे लगा उसकी गर्दन ग़ायब है। उसने खड़े होकर गेंदालाल को नाम लेकर पुकारा!

मगर ये क्या...? उसकी आवाज़ को क्या हुआ? गेंदालाल की जगह कुकड़ूँऽऽऽऽऽ कूँऽऽऽऽऽ...कुकड़...कूँऽऽऽऽऽऽ!!

रोजड़े

आज फिर रोजड़ों ने खेत का एक कोना बैठा दिया था। किलाण सुबह जागा, तो खेत का हाल देखकर ठगा-सा रह गया। रात के तीसरे पहर ही तो उन दोनों की आँख लगी थी। उसने जगरूप को कोंपकर जगाया।

"जग्गा, उठ तो...।"

जगरूप ने हड़बड़ाकर आँखें खोली। किलाण ने लाठी के इशारे से बताया, "वो देख...रोजड़े आज फिर आए थे।" जगरूप ने जाकर देखा। सचमुच उसके हिस्से की एक तरफ़ का एक कोना साफ़ हो चुका था। रोजड़ों के खुरों से चरी के कई नन्हे-कोमल पौधे कुचल भी गए थे।

"ये तो वही हाल हुआ कि सारी रात पीसा और पाड़ी में सकेला।" जगरूप ने अफ़सोस भरे स्वर में कहा। रोजड़ों ने उनकी नाक में दम कर रखा है। गाय-भैंसों के लिए गरमियों में हरा चारा मिलता रहे, इसलिए उन्होंने साझे में ज्वार की चरी बोई थी। कुआँ भी साझा था। कई पीढ़ियों पहले उनके पुरखों ने इस कुएँ को बनवाया था। ज़मीन तो उतनी ही रहनी थी, मगर जनसंख्या बेहिसाब बढ़ी। पास-पास ही खेत थे। ऐन मेंड़-से-मेंड़ मिली हुई थी। दोनों की ढाणियों के लगभग बीच में उनकी ये ज़मीन और कुआँ था। दोनों ही सत्तर पार कर चुके थे। एक ज़माना बीत चुका है। अब घर के जैसे फ़ालतू हों। दिन-रात चरी की रखवाली करते। वहीं कुएँ पर एक झोंपड़ी बनाकर मई-जून की जानलेवा गरमी

और लू से बचने के लिए उसी में शरण लेते। डीजल पंप सेट भी दोनों का साझा था।

किलाण के दोनों बेटे कस्टम विभाग में ऊँचे अफ़सर थे। बेटों की पत्नियाँ और बच्चे उन्हीं के साथ रहते थे। पैसों की कोई कमी नहीं थी। खेती-बारी, गाय-भैंस सब किलाण और उसकी घरवाली सँभाल लेते। ज़्यादातर मज़दूर ही काम करते। मगर चेरी करने और उसकी रखवाली करने का काम मज़दूरों के भरोसे का था ही नहीं। तीन-चार भैंसें थीं। जितना घी जुड़ता, बेटे आकर जब-तब ले जाते। चालीस-पचास घरों की उसकी ढाणी अमन-चैन से आबाद थी।

मगर पहले जगरूप की ढाणी पड़ती है। गाँव से पूरब दिशा की ओर जाओ, तो जगरूप की ढाणी से ही गुज़रना पड़ता है और उससे आधा किलोमीटर दूर किलाण की ढाणी आती। इतने ही घरों की जगरूप की ढाणी। लम्बा-चौड़ा कुटुम्ब। दो बेटे फ़ौज में सूबेदार थे। एक पुलिस में था। नाती भी फ़ौज की तैयारी में जुटे हुए थे।

किलाण की ढाणी का रास्ता इसी कुएँ के ऐन बग़ल से जाता है। सुबह नित्य कर्म से फ़ारिग़ होकर आए, तो जगरूप ने कहा, "रमजू आ रहा है। हुक्का तैयार कर ले।" रमजू किलाण का पड़ोसी था। रामा-श्यामा करने के बाद जगरूप ने कहा, "इतनी सुबह गाँव में कैसे गया?" बाज़ार गाँव में ही था। सौदा-सुलफ़ के लिए वहीं जाना पड़ता था।

"अरे भैया, लपटी लाया हूँ। तम्बाकू बनानी है। बिना तम्बाकू के अपना काम चले है क्या...?"

"नीं चले।" जगरूप ने हुक्का रमजू की ओर बढ़ाया।

"तू बजा भैया पहले। मैं तो अभी साठ का ही हुआ हूँ।" रमजू ने हुक्का वापस जगरूप को थमाया।

"का फ़रक़ पड़ै।" जगरूप हँस पड़ा।

"नहीं भैया, क़ायदा-तो-क़ायदा है।"

जगरूप तीनों में बड़ा था। हुक्का पीते हुए वे दुनिया भर की बातें करते रहे। बातों में वही पुराने दिन। साथ गुज़ारे क्षण। वो ज़माना। वो प्रेम। वो अपनापन—फिर-फिर कर आ ही जाता। तब तक जगरूप का पोता डल्लू में भरकर चाय ले आया। तीनों ने चाय पी। चाय की चड्डू हुक्का। इसलिए फिर हुक्का भरा गया। एक ही हुक्का अब तक पीते आए हैं। कोई ऊँच-नीच नहीं। कोई भेदभाव-दुराव नहीं। रमजू जा चुका था।

जगरूप और किलाण ने नहर के किनारे कँटीले झिट्टे काट-काट कर खेत के चारों ओर फिर से बाड़ लगाई। दिन तपने लगा था। जानलेवा झगर (लू) चलनी शुरू हो गई थी। इंजन चालू कर जानवरों को पानी पीने के लिए बनाई खेड़ (प्याऊ) भरी। फिर चरी में पानी चालू किया। चार-पाँच झोड़ा प्याज़ भी बोए थे और कुछ क्यारियों में बैगन, टमाटर, पुदीना, ककड़ी और तरबूज़ भी घर ख़र्च के लिए बो रखे थे। दिन-रात की अखंड रखवाली। भैंसों को हरा चारा मिलेगा, तो दूध भी ठीक देंगी, वरना गरमियों में मँगी हुई पतली छाछ भी नसीब नहीं होती है।

खाने का उनके सामने ज़्यादा टंटा नहीं था। कभी किलाण अपने यहाँ से ले आता, तो कभी जगरूप अपने घर से। खाते साथ में। साठ-सत्तर साल पहले तीस-पैंतीस घरों का छोटा-सा गाँव था उनका। सभी जातियों का संगम था। अपनापन था। आज वही गाँव ढाणियों सहित लगभग दस किलोमीटर के हेर-फेर में बसा हुआ है। छीले (पलाश) और खजूर के जंगल साफ़ हो चुके हैं। अब तो इनके इक्के-दुक्के पेड़ ही रह गए हैं।

शाम को एक-दो घंटे के लिए जगरूप को घर जाना पड़ता। उसकी एक भैंस इकैती थी। वो सिवा जगरूप के किसी को दूध काढ़ने नहीं देती। अब के ब्याँत में जगरूप उसे बेचने की फ़िराक़ में था। इकैती भैंस ने उसके पग बाँध रखे थे। आनगाँव बहुत कम जा पाता। घर की ओर जाते हुए उसने किलाण से कहा, "मैं अभी एक-दो घड़ी

में आता हूँ। रोटियाँ भी लेता आऊँगा।" साँझ घिरने को थी। हवा अब भी गरम थी।

"मेरी ब्यालू मत लाना।" किलाण ने थोड़ी दूर जा चुके जगरूप से ऊँची आवाज़ में कहा।

"क्यों...?" जगरूप वापस मुड़ा।

"घर से आती होंगी थोड़ी देर में।" किलाण ने जवाब दिया।

"किसी आते-जाते से मना कर भेजना।" जगरूप उसके ऐन नज़दीक आ चुका था। वह किलाण के कान में धीमे स्वर में फुसफुसाया, "आज फ़ौजी की रम पिएँगे। बस्सऽऽऽ गया, दूध काढ़ा और रोटियाँ कटोरदान में रखकर अभी आया।"

किलाण के कान-कान हँस पड़े। दोनों ने अपनी सत्तर साल ज़िन्दगी का आधा हिस्सा तो एक ही बाखर में एक ही आँगन में गुज़ारा था। ढाणियाँ बसने के बाद भी वे एक-दूसरे के यहाँ सुबह-शाम आते-जाते रहते। शादी-ब्याह या गरमी में दोनों एक-दूसरे के काम आते। गुज़रा ज़माना फोड़े की तरह उनके हृदय में जब-तब टीसता ही रहता।

जगरूप चला गया तो किलाण ने टॉर्च लेकर खेत का एक चक्कर लगाया। आजकल रोजड़ों को आदमी की परवाह नहीं रह गई थी। फिर-फिर कर चरी खाने की जुगत में रहते। गैदुआ (सियार) भी कभी-कभी बैगन और टमाटरों का नुकसान कर जाते। उसने दोनों की चारपाई फिर खेत के बीचोबीच बिछाई। दोनों के सिरहाने टॉर्च और लाठी रखी। मटकों में पानी भरा। मिट्टी की सिगड़ी में दो कंडा सुलगाकर दबाए। तम्बाकू का डिब्बा ठीक से रखा और खाट पर दरी बिछाकर आराम से लेट गया। ऊपर आसमान में अनगिनत तारे। थका-थका और धूल में लस्त-पस्त मरियल चाँद ठीक पूरब दिशा में थोड़ा-थोड़ा दिखने लगा था।

और किलाण ने अपनी दमदार आवाज़ में रोजड़ों को डराने के लिए हाँक लगाई, फिर खनकती आवाज़ में कान में उँगली लगाकर

रसिया तान दिया, "होऽऽऽ होऽऽऽ ढोला आज्यौ आधीऽऽ रात कू...।" शाम के वक़्त रसिया की तान दूर-दूर तक गई।

पदचाप सुनकर वह चौकस हुआ। जगरूप कटोरदान थामे सिरहाने की ओर खड़ा था। हँसकर बोला, "रसिया की तान तो अब भी ग़ज़ब है तेरी।" कटोरदान चारपाई के नीचे रखा।

किलाण बैठे-बैठे बोला, "पटेल बाबा तो मेरा रसिया सुने बग़ैर सोता ही नहीं था। क्या ज़माना था भाई। कोई चिन्ता-फ़िकर नहीं। ढोर चराओ, खाओ और मौज़ करो। तू तो बीच के सालों में पटेल बाबा को छोड़कर कमाने दिल्ली चला गया था। तब पटेल बाबा तेरी याद करते हुए मुझे हमेशा अपने साथ रखते।"

"बाबा की याद मत दिला किलाण।" जगरूप पुरानी यादों से बचना चाहता था।

"आज वो होते तो गाँव में इतनी काट-छाँट मचती क्या?"

"क़तई नहीं।" जगरूप ने टीसती आवाज़ में कहा।

फिर कमर तथा धोती के बीच दबी रम की आधी भरी हुई बोतल निकाली। किलाण को बोतल सौंपकर कहा, "गरमी में ये भी बहुत गरम है।" फिर कुछ सोचकर बोला, "तू इसे खेड़ (प्याऊ) में दबा दे। ठंडी हो लेगी। मैं तब तक चार-पाँच प्याज़ और टमाटर धोकर लाता हूँ। सलाद जैसा कुछ हो जाएगा।"

किलाण बोतल लेकर खेड़ की ओर चल दिया। जगरूप ने कुछ पके-अधपके टमाटर तोड़े। कुछ प्याज़ उखाड़ी। मटकी के पानी से धोया। फिर सिगड़ी से सुलगता कंडा निकालकर राख झाड़ी। हुक्के में फिर से ठंडा पानी डाला। एक पान तम्बाकू चिलम में डालकर काँकर-ठीकरी जमाए बढ़िया-सा हुक्का भरा। तब तक किलाण भी खेड़ के पानी में बोतल दबाकर आ गया था। दोनों चुपचाप हुक्का पीते रहे।

"गिलास कहाँ है?" किलाण ने पूछा।

"गिलास...? वो तो मैं लाया ही नहीं।"

"फिर पिएँगे कैसे?"

"करेंगे कुछ...।" जगरूप ने हुक्का नीचे रखा। कटोरदान उठाकर खोला। रोटियाँ निकालकर अँगोछे में दबाई। दो कटोरियों में सब्ज़ी थी। कटोरियों को कटोरदान में ख़ाली किया। कटोरियों को धोकर पोंछा। किलाण तब तक बोतल निकाल लाया था। कुछ-कुछ ठंडी हो गई थी। जगरूप ने बोतल लेकर कटोरियों में रम डाली। पानी डाला। एक कटोरी किलाण को थमाकर कहा, "ले धीरे-धीरे पीना।" दोनों पीते रहे। नशा होने लगा। जगरूप बोला, "कुछ और नया समाचार सुना?"

"नहीं तो...।"

"मैं बताता हूँ।" जगरूप ने कटोरी में रखी रम गटककर आगे कहा, "आज हमारे चौबीस गाँवों की पंचायत हुई थी। अपन तो दिन भर यहाँ तपते रहते हैं। अभी ढाणी में गया, तब सुनकर आया हूँ। कलुआ बता रहा था।"

"क्या बता रहा था...?'' किलाण तब तक सुलफी सुलगा चुका था।

"यही कि अब...।" जगरूप की आवाज़ गले में अटककर रह गई।

"अरे, कुछ तो बता...।'' किलाण उतावली से बोला।

"अब क्या बताऊँ। पगला गए हमारे-तुम्हारे नेता। फ़ैसला किया है कि अब के बाद कोई तुम्हारी बिरादरी वालों से उठक-बैठक, लेन-देन, आर-बुहार और हुक्का-पानी नहीं रखेगा। फ़ैसला नहीं मानने वाले पर दंड-जुर्माना होगा। जात कूटेगी सो अलग।" जगरूप की आवाज़ लड़खड़ा रही थी।

"अबऽऽऽ?" किलाण चिन्तित हो उठा।

"अ...ब्बऽऽ। अबऽऽ अब काऽऽऽ।" जगरूप क्या कहे? इतने ख़राब दौर में क्या कहे वह? महापंचायत, पंचायत, सभा-सम्मेलनों के अनवरत चलते मौसम से दोनों बिरादरी के लोग उकता चुके थे।

"अब इस गाँव में तो दोनों बिरादरियों का पीढ़ियों से 'बुहार' रहा है। चूल्हे में चूल्हा, खेत में खेत रहा है। पीढ़ियों के सम्बन्ध कोई ओढ़ी हुई चादर तो है नहीं कि एक झटके से उतार के फेंक दें।" जगरूप अपनी रौ में बोला।

"सही बात है। हमारी बिरादरियाँ भी अब ऐसा ही फ़ैसला करेंगी। करते रहें। हमें क्या! इस खेल ने गाँव-गाँव, गली-गली बरसाती मेढकों की तरह नेता पैदा कर दिए। भाड़ में जाएँ ये फ़ैसले और नेता।" किलाण फट पड़ा।

फिर दोनों उस ज़माने को याद करते रहे, जब गाँव में गीतों की एक ही जोठ हुआ करती थी। देवी-देवता भी अलग नहीं थे। एक ही साझा चरागाह था। एक ही चौपाल थी। मगर अब तो और बातों की क्या कहें...श्मशान भी अलग होने को है।

दोनों बिरादरी के लोग आए दिन होने वाली महापंचायतों के लिए उगाही देते और काम-धाम छोड़कर जाते परेशान हो गए थे। मगर उनके हाथ में कुछ नहीं था। वे बेबस थे। दोनों बिरादरी के लोगों में आपसी घृणा इतनी फैल चुकी थी कि लोग आपसी व्यवहार भी भूल गए। ऐसे में किलाण और जगरूप करें, तो क्या करें? उनकी समझ में नहीं आ रहा था। दोनों ही अपनी-अपनी बिरादरी की आँखों में काफ़ी समय से चुभ रहे थे।

बोतल आधी ही थी। वे उसे कभी का ख़त्म कर चुके थे। बीच-बीच में रोजड़ों की तरफ़ निगाह भी कर लेते। हाथों में रोटियाँ लेकर अब वे उसी कटोरदान में झुक गए थे। कहीं कोई तीसरा आदमी आ निकला तो...? एक ही कटोरदान में रखी सब्ज़ी खाते हुए देख लिया तो...? चौकन्ने थे दोनों। साथ ही बेपरवाह भी।

"तुम्हारी बिरादरी हो या हमारी। ग़मी में हों या ख़ुशी में। जहाँ भी दो-चार आदमी इकट्ठे हुए, यही बात...मिलेगा कि नहीं? बचेगा कि

नहीं? ये कैसा राग छेड़ा है इन रोजड़ों ने...? जिधर देखो, उधर आरक्षण-ही आरक्षण...।" किलाण ने अपने आसपास नज़र दौड़ाकर कहा।

"सब वोटों का खेल है भैयाऽऽ। जब कभी मरना होगा, तो ग़रीब ही मरेगा या कोई हम-तुम जैसा किसान। देख लेना तुम!" जगरूप ने ग्रास को निगलकर एक लम्बी डकार लेकर कहा। जब खाना खा चुके तो किलाण ने हुक्का तैयार किया। रम के नशे ने मई की उस गरमी भरी रात में दोनों को अंगार की तरह सुलगा दिया था।

दिन ऐसे ही गुज़र रहे थे। चरी के खेत ने हरियाली की चादर ओढ़ ली थी। दूर-दूर तक ख़ाली मटमैले तपते खेत थे। कमर तक ऊँची चरी अब भैंसों के चरने लायक़ होने लगी थी।

इधर पाटौली हाइवे पर चक्का जाम करने की घोषणा हो गई। अख़बारों की बिक्री तेज़ी से बढ़ी। पहले पेज़ से लेकर स्थानीय संस्करणों में यही ख़बर। लोग घर-घर अख़बार मँगाने लगे। सुबह होते ही अख़बारों पर गिद्धों की तरह टूट पड़ते।

वे दोनों झोंपड़ी में अपनी-अपनी चारपाइयों पर चुपचाप लेटे हुए थे। आसपास सन्नाटा पसरा हुआ था। तीन-चार दिनों से रोजड़ों की संख्या में इज़ाफ़ा हो गया था।

एक टोले को भगाते तो दूसरा आ जाता। चरी जगह-जगह भोंटी जा चुकी थी। दोनों कभी-कभी सोचते कि बन्दूक़ लेकर सबके सब रोजड़ों में गोलियाँ निकाल दें। दिन-रात की रखवाली के बावजूद काफ़ी नुकसान हो चुका था। टमाटर और बैगनों का तो सफ़ाया-सा हो गया था। बाहर लू चल रही थी। दोपहर की रोटियाँ आ चुकी थीं। खाने का मन नहीं था दोनों का ही।

किलाण ने लेटे-लेटे ही पूछा, "भैया, तुम भी जाओगे पाटौली?"

जगरूप ने उसकी तरफ़ बीड़ी का बंडल बढ़ाकर जवाब दिया, "मेरा अभी तय नहीं है। आज पंचायत है। देखें, लोग क्या तय करते हैं।"

"हूँऽऽऽ।" किलाण बस इतना ही बोला।

"रोटियाँ रखी हैं।" जगरूप ने प्रसंग बदला।

"खा लेंगे।"

"अभी खा लें।"

"ठीक है।" किलाण बैठा था। तेज़ गरमी। सनसनाती लू। बाहर दूर के खेतों में उठते रेत के छोटे-छोटे भभूड़े।

दोनों ने रोटियाँ खाईं। हुक्का सुलगाया। उनकी उनींदी आँखें। दिन में रोजड़ों का डर नहीं। इक्का-दुक्का आवारा गायें ज़रूर परेशान करतीं। मगर कँटीली बाड़ चारों तरफ़ लगी होने के कारण उनका बस नहीं चलता। दोनों पिछलारे (दिन का तीसरा पहर) तक नींद भर सोए। रात को रोज़ जागना जो पड़ता है।

साँझ को दूध काढ़कर जगरूप जब वापस आया तो साथ में दूध-राबड़ी भी लेता आया। बरतन किलाण को थमाकर बोला, "मुझे भी जाना पड़ेगा किलाण।"

"क्यों?" किलाण ने पूछा।

"पंचायत में फ़ैसला हुआ है कि हर घर से एक आदमी को आना ही होगा।"

"फिर तो जाना पड़ेगा। समाज ही ऐसा है हमारा-तुम्हारा। कोई करे भी क्या?" किलाण ने कटोरे में दूध-राबड़ी डालते हुए कहा।

"चरी की रखवाली ठीक से करना। ऐसा न हो कि रोजड़े सफाचट कर दें और तू सोया रहे।" जगरूप को चरी की चिन्ता हो रही थी।

चक्का जाम में जाना ही पड़ेगा। न जाए तो बिरादरी वाले जीने देंगे? रोज़ ताने मार-मार कर जीना हराम कर देंगे उसका। जगरूप सोच रहा था। परसों का चक्का जाम है। कल ही निकलना होगा।

जगरूप को गए हुए दो दिन बीत चुके थे। इन दो दिनों में किलाण ने लोगों से जो सुना, उसे सुनकर उसका दिल बार-बार बैठा जा रहा

था। जगरूप सलामत है या नहीं—कैसे ख़बर लगे? अब तक कई मर चुके हैं। पूरा प्रदेश जल रहा था। उसकी ढाणी वालों ने तीसरे दिन उसे चरी की रखवाली पर जाने से ज़बरन रोक लिया था। अफ़वाहें लोगों को रात भर जगाए रखतीं। फ़लाँ गाँव फ़लाँ गाँव पर चढ़ाई करने वाला है। दोनों बिरादरी के लोग रात-रात भर जागते। असलहा इकट्ठा किया जाने लगा। पीढ़ियों का भाईचारा तार-तार हो चुका था।

"वहाँ इतनी दूर झोंपड़ी में तुझे कोई अच्छी तरह मारेगा। आग लगे उस चरी में। ज़िन्दगी रहेगी तो फिर कर लेना।" लोग किलाण को डराते। किलाण के दिल में हूक-सी उठती। सब कुछ बदल गया था। सप्ताह भर का तांडव जब ख़त्म हुआ तो सभी ने चैन की साँस ली।

आठवें रोज़ जब सब कुछ सामान्य हुआ और लोग घरों से बाहर आने-जाने लगे तो किलाण कुएँ पर आया। वहाँ का दृश्य देखकर उसे चक्कर आने लगे। वह झोंपड़ी की तरफ़ लपका। झोंपड़ी के अन्दर से आई आवाज़ सुनकर वह ठिठक गया।

"कौण?" "मैं...मैं...हूँ किलाण।"

"किलाण!" जगरूप लपककर बाहर आया और किलाण से लिपट गया।

"हमारी चरी?" किलाण ने फफककर कहा।

"नेता खा गए।" जगरूप ने रुँधे गले से बस इतना ही कहा।

कसाई

बहुत दूर-दूर तक सरसों, गेहूँ और चने के लहलहाते हुए खेत। किसी पेड़ या ऊँची जगह से देखो तो लगता—किसी ने धरती पर पीली और हरी मखमली चादर बिछा दी हो। जब खेतों में गेहूँ, चना और सरसों फल-फूल रहे हों तो किसानों के चेहरों पर अजीब चमक रहती है। उस चमक में उनके अगले-पिछले सपने समाहित होते हैं। ये कुठिल्लों को अन्न से भरने का साल था। और वे दोनों भयभीत, सहमे-सिकुड़े सरसों के खेत में बीचोबीच बैठे हुए थे।

"तुमने कल यह क्यों कहा कि मैं तुम्हें छेड़ रहा था?"

"तो फिर क्या कहती?"

"कुछ भी कह देती। मगर मुझे बदनाम क्यों किया?"

"तुम्हारी काहे की बदनामी। तुम तो छोरा-छापरे हो। बदनामी तो असल में मेरी हुई।"

"ख़ैर, बदनामी किसी की भी हो। फ़र्क़ क्या है? लेकिन गाँव वालों और घर वालों ने काफ़ी गलत समझा।"

"लोग चाहे जो समझें। हमें क्या...? जब काकी ने हमें देख लिया तो मैं और कहती भी क्या?"

"काकी का तुम्हें पहले ख़याल नहीं था?"

"था! लेकिन वो दूसरे खेत में सरसों के पत्ते तोड़ रही थी। शायद तुम्हें आते देख लिया होगा।"

"कल तो आदमी मर जाते तो ताज्जुब नहीं था। तुम्हारे पिताजी, काका सहित सब घर वाले हमारे घर लाठियाँ लेकर चढ़ आए थे। मेरे पिताजी और काका भी ग़ुस्साए हुए थे। वो तो मेरे सरपंच बाबा ने सबको समझाकर शान्त कर दिया था।"

"मर जाते तो मर जाते, हमें क्या...।" उसने अपनी पीली फूलली लूगड़ी का पल्लू दाँतों से कुतरते, चूसते हुए कहा।

"हमें क्या की बच्ची...। ये देख मेरी पिंडलियाँ!" उसने अपनी पैंट पिंडलियों से ऊपर सरकाकर बताया।

"हाय मैया..." उसने पिंडलियों पर उभरे संटी के निशानों को दुःख से सहलाते हुए पूछा, "और भी कहीं दी है?"

"हाँ, ये देख पीठ में!" उसने अपनी टी-शर्ट उतारकर पीठ दिखाई। फिर पैंट और अंडरवियर कमर से नीचे सरकाकर कहा, "कूल्हों पर भी होंगे। बहुत तेज़ दर्द होता है। मुश्किल से बैठ पाता हूँ।"

वह कातर और काँपते हाथों से पीठ, पिंडलियों और कूल्हों को सहलाते-सहलाते सिसक उठी। "किसने मारा था?"

"पिताजी और दोनों काकाओं ने मिलकर।" उसने अपनी टी-शर्ट और पैंट ठीक करते हुए बताया।

"ये आदमी हैं कि कसाई...? तुम्हारी तो आँखें भी लाल और सूजी हुई हैं।

"आदमी तो हरगिज़ नहीं...। मुझे सोने नहीं दिया गया। माँ ने जैसे-तैसे छुपकर खाना खिला दिया था। वे मुझे अब यहाँ टिकने नहीं देंगे। माँ भी कह रही थी कि कुछ दिन के लिए बाहर चला जाऊँ। मैं भी यही सोचता हूँ। महीना-बीस दिन बाहर रह लूँ ताकि इनका ग़ुस्सा शान्त हो जाए।"

"कहाँ जाएगा तू?" वह काँप उठी।

"कहीं भी...। महीना-बीस दिन तो कहीं भी गुज़ारे जा सकते हैं।"

"...और मैं कहाँ जाऊँ? किसी कुआँ-भाड़ में?"

"बावरी है तू तो...।" वह रो पड़ा था।

"मुझे भी कसाई के हाथों बेच दिया जाएगा।" उसने सरसों के फूल को बेरहमी से मसल डाला। "सच में, हमारे चारों ओर कसाई ही कसाई हैं। हम बचकर आख़िर जाएँगे कहाँ?"

2

सर्दियों की अँधेरी रात। दूर खेतों में हूँकते सियार और गाँव में भौंकते कुत्तों का शोर। बाड़े में कऊ (अलाव) को घेरकर आँच तापते वे चारों। सरपंच और उसके तीनों बेटे—लाखन, दयाल और बाबू। चुनाव में सिर्फ़ दो माह शेष। चारों वोटों का गणित सुलझाते-सुलझाते। मगर पिछले दिनों लाखन के बेटे सुमेर ने जो किया उसकी भरपाई कैसे हो...? मिसरी के घर वाले शुरू से ही सरपंच के साथ रहे हैं। करीब सवा सौ वोट। अबकी बार क्या भरोसा...।

"वैसे मैंने सब सँभाल लिया है। घर जाकर माफ़ी भी माँगी है। वे थोड़े नरम हुए हैं। सुमेर बाहर है ही। चुनावों के बाद ही लौटने की बोला है उससे।" सरपंच ने हुक्का बड़े वाले लाखन को सौंपा। बेटे की वजह से सत्ता हाथ से चले जाने की आशंका लाखन को खाये जा रही थी। पढ़ाया-लिखाया। मिसरी-से छेड़ करने की उसे ज़रूरत ही क्या थी! गाँव में ऐसे-वैसों की लड़कियाँ हैं। सवा सौ वोटों का ख़याल तो किया होता! एक ज़बरदस्त तनाव सभी के चेहरों पर था। विपक्षी मौक़े का फ़ायदा उठाने की ग़रज़ से मामले को हवा देने में लगे हुए थे। चारों

के जेहन में मंथन अपने-अपने स्तर पर जारी था। अचानक पदचापों से उनका ध्यान भंग हुआ।

"कौण...?" दयाल ने कड़ककर पूछा।

"..."

"ओय, बोल तो..." लाखन ने शायद पहचान लिया था—"सुमेर...?"

"..."

आने वाला डगमगाते क़दमों से कम्बल में लिपटा हुआ कऊ के नज़दीक पहुँचा।

"तू...!!" सरपंच ने सामने सुमेर को देखकर आश्चर्य से कहा, "तुझे तो चुनाव के बाद गाँव आने को बोला था ना?"

"बाबा! मैं कहाँ तक बेमतलब छुपता फिरूँ? मैंने कोई हत्या तो नहीं की...।" सुमेर मुर्ग़े की तरह कुड़कुड़ाया।

"वे तुम्हें यहाँ देखेंगे तो नाराज़ होंगे। सवा सौ वोट अपने हाथ से निकल जाएँगे बेट्टा! विपक्षी पहले ही पीछे लगे हुए हैं।" सरपंच ने दहकती आँच को राख से ढककर लकड़ी से थपथपाया।

"लेकिन मैं जाऊँ कहाँ? कोई जगह तो हो। पन्द्रह दिन से भूखा-प्यासा लावारिस की तरह भटकता रहा हूँ। मेरी समझ में नहीं आता कि मैंने ऐसा क्या कर दिया? मिसरी से प्रेम...।" पर वह आगे नहीं बोल सका। कोहरे की परत सघन होने लगी थी। सर्दी से बचने के लिए उसने कऊ की शरण लेनी चाही।

उसका बाप लाखन कब से बन्दूक की तरह भरा हुआ बैठा था।

खड़ा होकर चीख़ा—"कहीं...किसी कुआँ में...मादर...।" पलटकर अचानक उसने भरपूर लात कऊ पर बैठने की जुगत में झुके सुमेर को मारी तो वह भरभराकर ढह गया। भौचक्का वह लड़खड़ाकर खड़ा हुआ। कम्बल ज़मीन पर गिर गया था। आँखें दहक उठीं। भूख से ऐंठती

आँतों में गर्म-गर्म लौ उठी। बाखर की ओर मुड़ते हुए थूका, "कसाई-कहीं के।"

सबने सुना! ग़ुस्से में बौराये, अबूझ उन्माद में डूबे तीनों उस पर झपटे।

"हमको कसाई कहता है...! नकटी रांड के...! ठहर तो...।"

बेशुमार लात-घूँसे। बकरे की तरह मिमियाता सुमेर। शोर सुनकर बदहवास बाखर से उसे बचाने दौड़ी उसकी माँ। आँखों के सामने लाल-पीले सितारे। गहन अन्धकार में डूबती दुनिया। 'कुठौर' लगी लात ने उसे तड़फाकर हमेशा के लिए शान्त कर दिया। बाड़े में श्मशानी आतंक। बेटे की लाश पर बेहोश पड़ी गुलबी। "ये क्या कर डाला!" सरपंच की आँखों के सामने चकरी की तरह फिरती धरती। दूर कहीं खेतों में चीख़ते सियार। सर्द हवा के झोंके। पेड़ों की पत्तियों से टपकती ओस। कोहरे की परत और भी गाढ़ी हो गई थी।

3

सुबह दस बजे के क़रीब कोहरा कम हुआ। ठीक उसी वक़्त श्मशान में लोगों को सैकड़ों धुँधली कायाओं का झुंड नज़र आया। लोगों के पेट में ठंड का एक गोला सर्र से उतरता चला गया।

"सुमेर मर गया!"

"कब्ब...? कैसे? कहाँ? कौन-सा सुमेर?"

"सुबह मरा। पता नहीं कैसे। नाले के पास लाश मिली थी।"

"अरे वही सुमेर, अपने सरपंच का नाती।"

"सरपंच का नाती!!"

पूरे गाँव में आश्चर्य। हाहाकार। जिसने सुना, विश्वास नहीं किया।

यहाँ तक कि छोटू और ओमी तो सुनकर ही काँप गए थे।

"वो तो दस-पन्द्रह दिन से बाहर था!"

"रात को ही तो आया था।"

"अकेला...?"

"नहीं, ओमी और छोटू साथ थे।"

"तो उनसे पूछते।"

"कहीं सल्फास तो नहीं खा गया वो...?"

"लाश देखने वाले तो मना कर रहे थे कि ऐसी कोई बात नज़र आई नहीं!"

"कहीं चाकू-गोली का निशान?"

"बिलकुल नहीं! ख़ून की एक बूँद जहाँ वह मृत पाया गया वहाँ नहीं थी! ना ही उसके शरीर पर कोई निशान!"

"किसी ने गला दबा दिया हो!"

"ना...! गले पर ऐसा कोई निशान नहीं मिला। देखने वालों ने सब जाँच की है।"

"उसके आसपास देखते, कहीं कुछ सुराग मिल जाता।"

"अजी, दूर-दूर तक के खेतों में देख लिया। वह नाले के पास जिस बबूल के पेड़ के नीचे मृत मिला, वहाँ न तड़फने के निशान हैं और ना ही घसीटने के निशान..."

"ग़ज़ब है भाई! ऐसा तो पहली बार देखा-सुना है!"

"पुलिस को ख़बर तो करनी थी!"

"नहीं की..., किसी पर शक ही नहीं था।"

"फिर भी कुछ तो सुना होगा? लोगों ने अनुमान तो लगाया होगा?"

"किसी 'ऊपरं की हवा' की चपेट में आ गया। ऐसा कह रहे थे उसके घरवाले?"

लोग ऐसी बातें करते, तर्क करते, विवाद करते, मगर नतीजा नहीं

निकलता। सुमेर की मौत रहस्य बनकर लोगों के दिल और दिमाग़ पर ऐसी छाई कि लोग शाम को 'ऊपर की हवा' की दहशत से जल्दी ही अपने घरों में दुबक जाते। सुमेर की माँ पगला गई। जब-तब बेहोशी में ना जाने क्या-क्या बड़बड़ाती रहती। चीख़ती-चिल्लाती। मिसरी प्रेतनी की तरह उन-उन स्थानों पर तलाशती फिरती जहाँ-जहाँ वे मिलते रहे थे। तमाम स्त्रियाँ घूँघटों में सिमट गई थीं।

उनके घरवालों के अनुसार सुमेर घर तक पहुँचा ही नहीं था।

लोगों ने छोटू और ओमी से भी जमकर पूछताछ की थी। उनके अनुसार वह लापरवाह और थका हुआ ज़रूर था। उसकी बातों से ऐसा लगा नहीं कि वह आत्महत्या कर सकता है। हम तो नाले के पास से अलग हो गए थे। हमने घर तक छोड़ने को भी कहा था, मगर उसने मना कर दिया। फिर नाले से घर है भी कितनी दूर! मुश्किल से सौ क़दम!

लोग सोचते और सोचते-सोचते थक जाते। मगर उनकी थाह नहीं जाती। वे झल्लाकर अन्त में यही कहते, "उसको कौन कसाई खा गया?"

4

"आफ़त आती है तो एक साथ आती है। अब तो पूरा घर परेशान है ऊपर की हवा से।"

"क्या हुआ पून्या?" किलाण ने पूछा।

"तुम्हें पता नहीं। सरपंच का छोटा बेटा भी चपेट में आ गया।" पून्या ने बताया।

"सुमेर का काका! दयाल?"

"हाँ, वहीं। रात को उठके चल देता है। कई बार पकड़ के लाए

हैं नाले से। कभी-कभी बताशे, लौंग, डोडा, उड़द के दाने, हड्डी और ना जाने क्या-क्या बाखर में बरसने लगते हैं रात को।"

" 'सब दिना' न के फेर है पून्या। बेचारा तो भेंट चढ़ ही गया।"

"हाँ...रे...अब तो किसी स्याणे की तलाश में हैं।"

"उनके घर में ही नारायण और हरकेश के माथे प्रेम पठान आते हैं, उनसे ही पूछ लेते हैं।"

"पूछ लिया।"

"फिर!"

"फिर क्या? कोई ताक़तवर हवा है। उनके बस का रोग नहीं है। उन्होंने तो साफ़ कह दिया कि हमने तो बहुत रक्षा की थी। मैं भी वहीं था उस दिन। जोत जोड़ी थी पठान बाबा के थान पर।"

ये ही बातें। एक से दूसरे मुँह। फिर सबकी ज़ुबान पर। सुमेर के घरवाले किसी के पूछने पर यही कहते, "कोई तगड़ा कसाई था। प्रेत और पठान बाबा के बस में आया ही नहीं।"

5

कसाई! कसाई!! कसाई!!!

पूरे गाँव की हवा में कसाई की दहशत इस क़दर हावी हो गई कि जब भी कोई अकेला-दुकेला टट्टी-पेशाब जाता तो आक या झाड़ी में कसाई नज़र आता। और वह अपने धोती पकड़े भाग खड़ा होता। माँएँ नन्हे-मुन्नों को जल्दी ही खिला-पिला कर सुला देतीं। नाले की तरफ़ तो जाने से ही दिन में लोगों को कँपकँपी छूटने लगती। उस रात सारा गाँव ही सरपंच के बाड़े में इकट्ठा हो गया। दूर गाँव से एक पहुँचवान स्याणा लाया गया है। वो सबके सामने सारी स्थिति साफ़ कर देगा। शराब, लौंग

का जोड़ा, धूप, अगरबत्ती, इत्र, जायफल, उड़द के दाने, तिल, लाल कपड़ा सहित स्याणपत का सारा सामान मँगा लिया गया था। गाँव के मुख्य-मुख्य पंच-पटेल शान्त बैठे हुए थे। एक तरफ़ घूँघटों में दुबकी औरतों का झुंड बैठा हुआ देवताओं के गीत गा रहा था। दूसरी तरफ़ गोठ गाने वाले पुरुषों का झुंड बैठा हुआ था। ढप...ढप...ढप...ढप ढाक बज रही थी। बच्चे सहमे हुए गोदों में दुबककर छुप-से गए थे।

स्याणे ने अपने इष्ट को शराब, धूप, लौंग, इत्र, जायफल आदि का भोग लगाकर नीम की एक हाथ-भर टहनी मँगवाई। नीम की वह हाथ-भर की टहनी उसके दोनों हाथों में कसकर जकड़ी हुई थी।

गोठ वालों का हो...हो...का स्वर ठंडे मौसम में दूर-दूर तक ढाक की थापों के साथ लोगों में दहशत भर रहा था। हुक्के पर हुक्के चल रहे थे। एक चिलम बुझती तो दूसरी तैयार रहती। काफ़ी देर से स्याणा अपने घुटनों के बल बैठ इष्ट से प्रार्थना कर रहा है। मगर इष्टदेव प्रसन्न नहीं हो रहे हैं। आधी बोतल ख़ुद स्याणे के हलक़ में उतर भी चुकी थी। सभी की कौतुक नज़रें स्याणे पर टिकी हैं।

"महाराज! अब तो मेहर करो! दुखिया की लाज तुम्हारे हाथ है!" सुमेर के पिता लाखन और उसके बाबा सरपंच ने स्याणे के पैरों में अपना माथा टेका।

"बरबाद हो गए महाराज, अब तो आ जाओ।" पाँच्या पटेल ने भावुक होकर विनती की।

अचानक "बोल धरम की जै..." का स्वर हुंकारता हुआ स्याणा उछला। ढाक तीव्र गति से बजाई जाने लगी। गोठ गाने वाले जोश में गाने लगे। बाक़ी लोग बिलकुल चुप। नीम की टहनी हाथ में पकड़े स्याणा हूँ...हूँ...हूँ...करता हुआ ज़ोर-ज़ोर से सिर झटक रहा था। कभी-कभी ज़ोर से ज़मीन पर हथेली की थाप मारता, पुचकारी मारकर अपना हाथ चूमता, नीम की टहनी को सूँघता जाता।

"बोल धरम की जै!" स्याणे की इस दूसरी जय के साथ ही गोठ गाने वाले बन्द हो गए। सन्नाटा खिंच गया। एक तांत्रिकी दहशत लोगों में भरकर उनका बाल-बाल खड़ा कर रही थी। सिर्फ़ स्याणे की हूँ...हूँ...के अलावा कुछ नहीं। स्याणे ने इशारे से सरपंच को अपने नज़दीक बुलाया। सरपंच हुक्का किसी और को थमाकर स्याणे के पैरों में लोट गया। स्याणे ने पीठ थपथपाकर सरपंच को बैठा दिया। लाल-लाल आँखों से लोगों को एकबारगी स्याणे ने घूरा। लोग मन ही मन नतमस्तक हो गए।

"तुम्हारे ऊपर पहले की बोलारी बकाई थी सरपंच! याद करो पिछला चुनाव।"

सरपंच के माथे पर बल पड़ गया। काफ़ी देर सोचने के बाद कहा, "महाराज! बोलारी बाक़ी थी तो पहले चेताते। मेरा तो जवान नाती खा गया कसाई।"

"अगर चेटका नहीं करे तो देवत्व की कौन सुध ले सरपंच!" स्याणे ने विजयी मुद्रा में कहा।

"मगर महाराज, इतनी-सी बात का (भूल का) इतना बड़ा दंड! ये देवता हैं कि कसाई!" भभूत्या ने रोष में पूछ डाला।

"चुप...तू क्या जाने! यह जगह पहले किसी जुग में कसाईबाड़ा थी। यहाँ बहता था ख़ून। सरपंच ने उसे ललकारा था। उसने नाती की बलि ली है, बलि!" भभूत्या मारे भय के पीछे सरक गया था। "सुमेर को कसाई ने मारा है। वहाँ नाले पर ही दबोच लिया था। मुक्की मारी थी मुक्की...।"

"महाराज अब तो गैल लगाओ! सब घर परेशान है।" बाबू ने हाथ जोड़ दिए।

"कृष्ण पक्ष के सात सनीचर दयाल की बहू आधी रात को नाले के ऊपर नंगी स्नान करे। मैं साथ दूँगा। सवामणी और बकरा अलग से चढ़ाना होगा। ताबीज भर दूँगा। फिर देखता हूँ उस कसाई को..."

दयाल स्याणे के पैरों में लोट-पोट हो गया।

"तुम जैसा कहोगे-वैसा ही करेंगे। महाराज! हमारा तो दुख कटना चाहिए बस...!" स्याणे ने अभय मुद्रा में दयाल के सिर पर हाथ रखा। लोग सोचने लगे कि कसाई इतना ज़बरदस्त था कि सुमेर को नाले से घर तक नहीं पहुँचने दिया! कसाई को लेकर लोगों में क़िस्से कई फैल गए। भूत-प्रेतों के अगले-पिछले कारनामों का सिलसिला बतरस में दहशत और रोमांच भर रहा था। सुमेर की माँ पगलाई-बौराई दहाड़ मारकर ज़ोर से रोती हुई औरतों के झुंड से निकलकर बाहर आई। उसके रोने से फिर दहशत-सी छा गई। अपने को जैसे-तैसे काबू में रखे वह लड़खड़ाती स्याणे के पास आकर बोली, "दयाल की बहू...आधी रात को नंगी नहीं नहाएगी। ना वह ताबीज बँधवाएगी। असली कसाई तो इसी बाड़े में बैठे हैं।"

लोग हैरत में आ गए। एक औरत, जिसके इन हुजूम में कई ससुर और जेठ लगते हैं, क्या बोल रही है।

"असली कसाई बताऊँ पंचो...?" वह दाँत पीसती हुई दहाड़ी।

सरपंच, सुमेर का बाप लाखन, दयाल, बाबू सभी हतप्रभ थे। सुमेर का बाप झपटकर खड़ा हुआ।

"असली कसाई मेरा धणी और देवर हैं। मेरा ससुर है!"

स्याणे ने ज़ोर से हूँ...हूँ...हूँ कर कहा, "चुड़ैल!"

सुमेर की माँ स्याणे पर टूटी, "गैबी, बापखाणे! चला जा यहाँ से। पाखंडी। स्याणे की पूँछ।" स्याण चुप। लोग चुप। ये क्या बक रही है। लोगों में कानाफूसी होने लगी।

सुमेर का बाप चीख़ा, "चुप कर बेशरम! नकटी रांड!"

"नकटा होगा तेरा कुनबा! कसाई, मेरे लाल को खा गए।"

"चुप हो जा कुतिया, नहीं तो चीर के फेंक दूँगा।"

"हाथ तो लगा...ख़ून...पी जाऊँगी सबका...।"

लोग खड़े हो गए। सुमेर की माँ ने जो बताना था, जैसे-तैसे बता दिया।

"ईसुर करे सत्यानाश होगा इनका...।" बेटे के ग़म में पगलाई वह औरतों के बीच भरभराकर ढह गई। सुमेर का बाप उस पर झपटा। लोग सुमेर की माँ को बचाने दौड़े। बेतरह पिटती उसकी माँ डकरा उठी—"बेटा सु...मेर..."

लोगों ने उसे सँभाला। अपने-अपने घरों को धीरे-धीरे लौटते लोगों पर कसाई अब भी सवार था।

✪✪✪